殺し屋志願

赤川次郎

角川文庫
23935

目次

プロローグ

苦悩を通って歓喜へ！

――と来ればベートーヴェンだが、「地獄に乗って天国へ」という光景なら、楽聖ならぬ学生が、毎朝経験しているところである。

もちろん、これには異論もあるだろう。ラッシュの電車が「地獄」なのは分かるとしても、どうして学校が「天国」だ、と。

もちろん、学校が「地獄」としか思えない学生たちも少なくあるまいが、しかし、たとえば十年たち、二十年たって、ほとんどの人は学生時代のことを、

「あのころは良かったなあ……」

と、思い返すのである。

新谷《しんたに》みゆきも、その一人――いや、彼女の場合は、まだ現役の高校生だ。しかし、彼女にとって、学校は決していやなところではなかった。

例えば（テストのときとか、体力測定でボールを投げたりしなきゃいけないときとか

……）今日は行きたくない、なんて思うこともあったが、それでもちゃんとさぼらずに行ったし、行けば行ったで、友だちとワーワーキャーキャーやっているのである。

だから学校は、新谷みゆきにとって、十年後には、

「あのころは良かったわ」

と、思い返す場所となるに違いなかったのだ。

「かなわねえな、畜生！」

また駅に着いて、どっと混み合って来た。

――そのセリフは、みゆきが発したのではない。いくらみゆきが少々男っぽい女の子でも、こんな口はきかない。

耳元で聞こえたその声は、ごくありふれたサラリーマンのものだった。ありふれた、という言い方は至って曖昧《あいまい》だが、実際、そうとしか言えない男だったのだ。

みゆきは、その男と向い合って、ギュッと体を押し付けていた。恋人同士だって、こんな風に、ギュウギュウ押し合うことはあるまい。

恥ずかしいとか、不愉快とか言っていられるほどの余裕は、朝の通勤通学電車には存在しないのである。

みゆきは、一七歳としては少し小柄ではあるが、胸のふくらみは人並以上だったから、そのありふれたサラリーマン氏の胸の少し下辺りにギュウッと押し付けられて、思わず目を白黒させてしまった。

「あ……」

「いや、どうも――」

つい、目が合ってしまったのだ。二人は、何だかわけの分からぬ挨拶《あいさつ》を交わし、何となく笑顔になった。

ありふれた、とはいっても、なかなか見た目は素敵な人だった。――もちろん、これはみゆきの判断によるのだが。

年齢は三十代の半ばくらいだろうか。スポーツマン風に引きしまった感じの体つきで、背広がよく合っていた。目つきが優しく、妙な下心を感じさせない爽《さわ》やかさがある。

みゆきは中学一年から、ずっとこの線で通っているので、かの「痴漢」という奴にも、いやというほど出くわしているのだった。

しかし、今、目の前に（本当に、十センチぐらいの所に顔がある！）いる男性は、そんな感じではなかった。

「すまないね」

と、その男が言った。「下手に動くと、もっと苦しくなりそうだ」

「いいです。慣れてますから」

と、みゆきは言った。

「いつも……この電車？」

と、男が訊《き》いた。

途中で「……」が入ったのは、少し電車がカーブして、ワッと一方へ重心が偏ったからだ。このギュウ詰めの状態で、まだ偏るだけの余地があるというのが不思議だった。

「ええ、中一から」

「よくいやにならないね」

「慣れてです」

「そんなもんかね」

「あんまり、こういう電車には？」

「めったにね。こんなひどいのは、初めてだよ」

「いつもよりは、ましなほうですよ」

男は、大げさに天井を仰いで、

「尊敬するね、この乗客たちを」

――男と、みゆきとの対話は、ごく低い声で囁《ささや》くように交わされていた。お互いの顔が接近しているので、それで充分に聞き取れたのである。

「君はいくつ？」

と、男が訊いた。

「一七です。高二」

「一七か。――僕にはもう二十年も昔だ」

と、男が微笑んだ。

なかなかいい笑顔だわ、とみゆきは思った。

「若く見えますよ」

と、みゆきが言うと、男は嬉《うれ》しそうに笑った。

電車が、スピードを落とした。

「もう降りるのかい？」

「いいえ、まだ六つ先」

「そうか。じゃ僕の方が二つ手前で降りるんだ。――今度はどっちのドアが開くのかな」

「こっちです。頑張ってないと、押し出されちゃいますよ」

男は、一方のドアに背中をくっつけて、立っていたのだ。

「そうか。降りる客はいるかな」

「いませんよ。小さな駅だから、少し乗って来るだけ」

「じゃ、ここで踏んばってよう」

電車がホームへ入って行く。

乗る客は、大体、電車の後ろの方に固まっていた。この二つ先の駅で乗り換えるとき、その方が階段に近いのである。

別に、この駅で乗る人が、みんなそこで乗り換えるというわけではない。乗り換え駅で少し空くので、後が楽なのだ。――全く、ラッシュアワーの電車というのは、幅広い知識と経験で成り立って（？）いるのである……。

みゆきたちのいる車両は真中より少し前なので、ほとんど乗る客はいない。——だが、今日はサラリーマンが一人と、少女が一人、ホームに立っていた。

少女は、たぶんみゆきと同じくらいの年齢だろう。ただ、学校へ行くという格好でないのが、妙だった。もしかすると、見た目よりは年齢が行っているのかもしれない。

「誰か乗りそうかい?」

ホームの方へ背を向けている男が、みゆきに訊いた。みゆきは、男のわきの隙間から、ドアの窓越しに外を覗《のぞ》いているのだ。

「二人いるけど。——乗れるかな」

と、みゆきが言った。

ドアが開いた。降りる客はない。こういう駅で、たまに降りようという客がいると哀れである。

よほどドアの近くまで来ていればともかく、奥の方にいたら、まず降りられない。

「降ります!」

と、叫んだところで、誰もどいちゃくれないのである。

そんなとき、みゆきは、気の毒で胸が痛む。しかし、今朝はそんなことはなかった。

少し太り気味のサラリーマンが、頑張って乗って来た。みゆきと、向い合った男のわきへ、潜り込むようにして、ともかくも何平方センチかの自分の足場を確保すると、押し出されないように、手をドアの上の鉄板に当てて支えた。

あの少女は？　みゆきは、男のわきから、覗いて見た。――まだホームのすぐそこ、男のすぐ後ろに立っている。乗るのを諦《あきら》めたのだろう。

ピーッと笛が鳴った。

そのとき、みゆきと向い合っている男が、

「アッ」

と、短く声を上げた。

ドアがスルスルと、意外に滑らかに閉じて行く。そして電車は、いかにも重そうに、ノロノロと動き出した。

男は、ちょっと目を閉じていた。

「大丈夫ですか」

と、みゆきは訊いた。「気分でも……」

男は目を開くと、大きく息をついた。そして、みゆきを見て、ちょっと首を振った。

「大丈夫。――大したことはないよ」

「でも、顔色、少し悪いですよ」

こんな混んだ電車では、どんなに丈夫な男の人でも慣れてないと、貧血を起こしたりするものだ。

「うん。――次の駅のホームは、どっち側？」

と、男は訊いた。

「同じです。こっち側」

「じゃ、次で降りよう」

男はそう言って、少し顔をしかめて苦しそうにした。

「大丈夫ですか？　次の駅、すぐ近くだから、じきに着きますよ」

「ありがとう……。何とかなるよ」

男は、また深々と呼吸した。

みゆきは、男と胸をぐっとくっつけ合っているので、男の鼓動がずっと早くなっているのが分かっていた。どうやら、本当に具合が悪そうだ。

次の駅へと電車が入る。——前の駅よりももっと小さな駅で、乗る客も降りる客もほとんどいない。どうしてこんな所に駅ができたのか、不思議になるような駅だ。

たぶん、何か政治的な理由で作られた駅なのだろう。

電車が停るまでが、ひどくゆっくりしているように感じられた。

「——心配かけたね」

と、男が笑顔を作って、みゆきに肯《うなず》いて見せたが、かなり無理をしているのは一目で分かった。

ドアが開くと、男は体をひねるようにしてホームへ降りた。が、そのまま二、三歩進んで、フラッとよろけ、膝《ひざ》をついてしまった。

「危い！」

みゆきは思わず、電車から降りてしまっていた。鞄《かばん》を左手に抱え、あわてて駆け寄ると、

「しっかりして」

と、男の腕を取った。

男がみゆきの顔を見た。――笛が鳴る。

「君、乗らないと、電車が――」

ドアが閉じた。みゆきは首を振って、

「大丈夫です。私、まだ二、三本後の電車でも、悠々間に合うの」

「そうか……。すまないね」

男は、体を起こした。

「でも……ここ、駅員さんがいないのよね」

利用客が少ないので、無人駅になっている。私鉄なので、そういう点ははっきりしているのである。

「いいんだ。そこのベンチへ……連れてってくれ」

と、男は言った。

「ええ。じゃ、ここで少し休んで」

みゆきは、男を支えるようにして、すっかりペンキのはげ落ちてしまったベンチへと連れて行った。

男はベンチに身を任せると、息をついて、

「ありがとう。──すまないね」

と言った。

「ううん」

みゆきは、微笑んで、首を振った。「少し休めば、良くなるわ。──貧血？」

「まあ、貧血には違いないが」

と、男は独り言のように言って、それからみゆきを見つめた。

明らかに、違う目つきになっていた。優しさは同じだが、どこか哀しげな目だ。

「君……名前は？」

と、男は言った。

「え？」

「良かったら、教えてくれないか」

「ええ。──みゆき、です。新谷みゆき」

男は軽く肯いて、

「みゆき君か……。頼みがあるんだ」

「何ですか」

「君を遅刻させたくはないんだが……。聞いてくれるかな」

「具合、悪いんですか？　救急車か何か、呼ぶ？」

「いや、そうじゃない。——ここに、隣に座ってくれないか」

みゆきは戸惑った。

「でも——」

「危険なことはない。ただ、ここにいてくれるだけでいい。僕が死ぬまで」

みゆきは、目を見開いた。

「——今、『死ぬまで』って言ったの？」

「そうだ。そう何十分もかかるまい」

みゆきは、ちょっと笑って、

「オーバーだ！　そんな、満員電車で貧血を起こしたぐらいで、死にませんよ」

「貧血じゃない。刺されたんだ」

「——え？」

「背中を……。背広の後ろをめくって下を刺してるから、すぐには分からない。もう血が広がってるよ」

みゆきは、男の足下へ目をやった。黒ずんだ水たまりが、両足の間からじわじわと広がっている。

「これは……血？」

「そうだ」

と、男は肯いた。

みゆきは青ざめた。

「大変！　すぐお医者さんを――」

「いいんだ」

男が手をのばして、みゆきの手を強く握った。「僕は負けたんだ。――死ぬのは構わない」

「誰にこんな……」

「お願いだ。隣に座ってくれ。――死ぬときに、誰かそばにいてほしいんだ」

信じられない。これはきっと夢なんだわ。そう。時々見る、あまりに現実的で、却《かえ》って本当にありそうもないような夢。

それに違いない……。

「お願いだ」

と、男はくり返した。

みゆきは、男の隣に腰をおろした。

「――ありがとう」

違う。これは事実なんだ。本当に起ったことなんだ。

刺されて死ぬ？　この男の人が。――でも、なぜ？

あまりに突拍子もない現実に、みゆきは、少しも恐怖を覚えなかった。むしろ、何とかしてこの男の人を助けられないかしら、と考えていたのである。

「ねえ……」

と、みゆきは言った。「助かるかもしれないじゃないの。やってみれば——」

「助かったところで同じことさ、結局はね」

と、男は言った。「怖いかい、僕が」

「いいえ。そんなことないわ」

「そうか」

男は、嬉《うれ》しそうに言った。「それならいいんだがね。——君に、無理なことをやらせたくない」

「だけど、どうしてこんな……」

「宿命さ」

男の、一種唐突な言葉に、みゆきは戸惑った。宿命なんていう、古めかしい言葉を聞くとは思わなかったからだ。

「それ——どういうこと?」

と、みゆきは訊《き》いた。

「いつかは、教えられた者が教えた者を抜く、ということさ……。そうだね、こうやって、ただ君を座らしていても、気の毒だ。——なぜこんなことになったのか、簡単に話してあげよう」

みゆきは、話なんかすれば、それだけ死を早めるのではないかと思ったが、しかし無意識に背いていたようだった。

「もっとも……ちゃんと終わりまで話せるかどうかは分からないがね……」

男は、穏やかな口調で言った。さっきまでの辛《つら》そうな様子は、もうなかった。

しかし確実に、少しずつ、男は死に近付いているはずだったのだが……。

1　すれ違った少女

「そうじゃないってば。何でもないのよ」

新谷みゆきは、いい加減苛々《いらいら》して来て、電話口の向うの母親の不機嫌な声を遮った。

「どうしてこんなに時間がかかるのか、私だって分かんないわよ。警察の人に訊いて。──学校の方には連絡してもらってるし。──え？　だって、そうしなきゃ、休みになっちゃうよ。──うん。でも、別に私が何かしたってわけじゃないし……」

みゆきは疲れて来た。母親にとっては、子供が警察へ呼ばれて行ったというだけでも、我慢できないほど恥ずかしいことなのである。

しかも、無断欠席にならないように、警察の人に頼んで、学校の方へ連絡してもらったのも、母親には面白くないらしい。

「どうして、うちへ電話しなかったの！」

と、突き刺さりそうな、とげのある声を出す母親へ、

「電話したわよ。いなかったじゃない」

と、みゆきは言い返した。

「お昼過ぎには帰ってたわよ」

「それまで学校に連絡しなかったら、学校の方が心配するわ」

みゆきは私立の女子校へ通っているから、休みや遅刻の場合には、必ず始業前に電話することになっている。誘拐という点を、学校側は一番心配しているからだ。

「ともかく……もう、連絡しちゃったのは仕方ないわ。早く帰ってらっしゃい」

「だから、待っててくれって言われてるの。勝手に帰れないじゃない」

みゆきはもう、うんざりして来た。

「ともかく、家で心配してるから、と言って帰ってらっしゃい。分かったわね」

「だけど——」

電話はパッと切れてしまった。みゆきは腹が立ったが、もう何を言っても向うには聞こえないのだから、仕方ない。

みゆきの母は、学校でPTAの役員をしている。だから、理由はどうあれ、娘が警察に連れて行かれたというのが知れ渡ることを、いやがっているのである。

母にとっては、人が一人死んだなんてことは、どうでもいいのだ。みゆきはそう思っ

て、ますます苛々して来た。

「すみません」

と、みゆきは、通りかかった人を捕まえて言った。「私、もう三時間も待っているんですけど、いつまでいればいいんですか?」

「え? 何の用で?」

と、相手はキョトンとしている。

「いいんです」

みゆきは、またベンチに腰をおろした。

いい加減くたびれている。――あれこれしつこく訊かれて、何度も住所を書かされて、そのあげくが、このベンチに座って待っててくれ、と言われて、それっきり。

警察ってとこも、中は普通のお役所みたいだわ、とみゆきは思った。ただ、お役所は大体のんびりしているけど、ここは少し忙しそうだ。

電話があちこちでひっきりなしに鳴っている。自然、話す声も大きくなるから、やかましいのである。

「――やあ、ごめんね、待たせて」

と、若い刑事が、小走りにやって来る。

「あの――」

と、立ち上がりかけると、

「もう来ると思うんだ。もうちょっとここで待ってて。悪いけどね」

みゆきは、がっくり来て、また腰をおろした。お尻《しり》が痛くなって来る。

――帰っちゃおうかな。こんなに放っとかれたんじゃ、参っちゃう！

もう午後の三時。学校でも、授業が終わるころだ。

みゆきは、ふくれっつらになって、座っていた。すると、何だかやけにドタドタと足音を立ててやってくる男がいた。

「おい、どこだ！」

と、やって来るなり、部屋中に響き渡るような大声を出す。

「あ、麻井《あさい》さん」

と、一人が立ってやって来ると、「誰ですか、捜してるのは？」

「女の子だ」

麻井と呼ばれたその男、もう五十は過ぎているだろう。頭の禿《は》げ具合は、みゆきの父と同じくらいだった。

「鳴海《なるみ》の死んでるのを見付けたって子だ。ここにいると聞いて、飛んで来たんだぞ」

麻井という男、本当に走って来たのか、肩でハアハア息をしている。

「それじゃ、そこに座っている子じゃないですか。田口《たぐち》の奴が見てたんだけど……どこに行っちゃったのかな」

みゆきは、麻井という男のギョロッとした大きな目に見つめられて、ドキリとした。

「鳴海が死んだとき、そばにいたというのは
――君か」

と、みゆきの目の前にやって来て、
みゆきは、少しためらってから、

「あの人、『なるみ』っていうんですか？　よく知らないんです」

と言った。

「そうか。聞いてないのか。――そうだろうな」

麻井は、少し落ちついた声で言って、肯《うなず》いた。「君、名前は？」

「新谷みゆきです。もう何度も答えました」

「そうだろうな。――大分待ったかね」

「ここに三時間座ってます」

「三時間？　そりゃ悪かった。急いで来たんだが、ともかく山の中にいたんでね」

麻井は、ちょっと笑顔を見せた。「――ひどいな、しかし。三時間も放ったらかしとは。昼は食べたか？」

「いいえ。お弁当持ってるんですけど、ここじゃ食べられないし」

「何やってるんだ、全く……。いや、そりゃ悪かった。何かおごろう。外に出て、何か食べようじゃないか」

「いいえ……。どこか、お弁当食べられるところがあれば――」

「そう言うな。私も昼抜きでペコペコなんだ」

みゆきが立ち上がると、麻井は肩に手をかけて、「――おい！　この子を連れて出たと田口の奴に言っといてくれ！」

と、大声を出す。

特定の誰に言ったのでなくても、これだけの声なら、部屋中の人間に聞こえただろう。

警察署を出ると、二人は二、三分歩いて、チェーンレストランに入った。

「こういう所は、大して旨《うま》くないけどな」

と席について、麻井が少し申し訳なさそうに言った。「しかし、あんまり遠くへ行くと、戻るのに大変だ。帰りはちゃんと送らせるからね」

「いいんです。ただ――母が心配していますので」

「そうだろう。三時間もね、いや、すまんね全く」

麻井は、出て来たおしぼりでギュッと顔を拭《ぬぐ》った。

「――やれやれ、真っ黒だ。採石場で捜査があってね。埃《ほこり》だらけだよ。君、何を食べる？」

みゆきは、メニューも開かずに、

「ビーフカレー」

と言った。「うちの近くにも、この店があるんです」

「そうか。じゃ、同じにしよう」

――オーダーがすむと、麻井は窓越しに表の通りを少し眺めていた。何となく、寂しげな横顔だった。

「あの男の人……」

と、みゆきが言いかけると、麻井はふっと我に返ったようで、

「うん。鳴海というんだ。『鳴る海』と書く。本当の名前かどうかは分からないが……」

本当の名前だ、とあの人、言ってたわ。

僕は鳴海というんだ。鳴海——本当の名だと思ってない奴が多いけど、本当にそういうんだよ。

「ずいぶん長い付合いでね」

と、麻井は言った。「だから、死んだと聞いたとき、本当にびっくりした。まだ、三十代だったはずだ」

「若そうでした」

「もう他の奴に話しただろうが、もう一度、鳴海が死んだときのことを、聞かせてくれないか」

と、麻井は言った。「いや、食べてからにしよう。こっちも腹が鳴るのでうるさくて、話を聞いてられないかもしれない」

みゆきは、その言葉に、ちょっと笑った。

本当はそれどころじゃない——笑っていられるような、そんな気分じゃなかったのだけれど。

人が死ぬのを、そばに座って、じっと見ていたのだから。

でも、その大きなショックは、まだ実感されてはいなかった。たぶん何日かたって、初めて「怖い！」と思うのではないだろうか。

だから割合気楽に、みゆきはカレーを食べ、それから話をすることができた。

「――そうか」

麻井は、肯いて言った。「そりゃ怖かっただろうね。鳴海のそばに、どれくらい座ってたんだい？」

みゆきは、ちょっと考えた。――麻井は、みゆきがどれくらいの時間だったかを考えているのだと思っただろう。しかし、そうじゃなかった。

みゆきは、どれくらいの時間だったと言えば、話さずにすむか、考えていたのだ。

「三十分か……四十分だと思います。正確じゃないですけど」

と、みゆきは言った。

「うん。そうか。それから君は駅の外へ出て――」

「一一〇番と一一九番へかけたんです。でも警察の方からも、救急車を手配してあったんで、二台来ちゃって」

「それはいいんだよ。それが朝のことだね」

「はい。朝のラッシュアワーでした」

「それから今まで、ずっと止めておかれたわけか。すまなかったね、全く。私も話を聞いたのが昼過ぎで……。どこにいるか、つかむのが容易じゃなかったようだ。いつも風来坊なんでね。——何か飲むかね」

「じゃあ、紅茶を」

と、みゆきは言った。

麻井が自分にはコーヒーを注文すると、それから少し身を乗り出すようにして、

「死に際に、鳴海は——その男は何か言わなかったかね」

と、訊《き》いた。

「何かって……どんなことですか」

「何でも——。言い遺《のこ》したいことがあったかもしれない。あるいは、誰が自分を刺したか、君に言わなかったかな？」

みゆきは、その同じ質問にも、もう何度も答えて来ていた。今になって、答えを変えるわけにはいかない。

「何も」

と、みゆきは首を振った。「特別なことは何も。ただ、そばにいてくれって。それだけでした」

「そうか」

麻井は肯いて、それきり黙っていた。コーヒーが来ると、黙ったままガブ飲みする。

みゆきには意外な気がした。もっとしつこく訊かれるかと思ったのだ。

「本当に何も言わなかったのか？」

とか、

「よく思い出してくれ」

とか……。

でも麻井は、それ以上訊こうとはしなかったのだ。そして、コーヒーをほとんど飲み干してしまうと、フーッと息をついて、

「あいつは寂しがり屋だったんだ」

と、だけ言った。

「麻井さん――でしたっけ」

と、みゆきは言った。

お腹も一杯になって、少し元気も出て来ていた。

「うん。何だね？」

「鳴海っていう人――」

「うん、奴はね、人を殺すのを仕事にしていたんだ」

と、麻井は言った。「いわゆる『殺し屋』というやつさ」

「そんな風に見えませんでした」

「そりゃそうだよ。本当の殺し屋が、サングラスに革手袋、トレンチコートなんて格好してたら、目立って仕方がない。どこにでもいるような男でなきゃ、相手に近付けないよ」

「そうですね」

「だから、あいつも覚悟はしていたはずだ。いつか消されるだろうと。だから君にも、助けを求めず、ただ一緒にいてくれとだけ頼んだんだと思うよ。あいつらしいことさ」

麻井の言い方は、いかにも好感に溢《あふ》れていて、みゆきを戸惑わせた。

「刑事さんなのに、仲が良かったんですか」

「うん、まあね。——あいつが、まだほんのチンピラのころからの付合いさ。悪さはしても、どことなく憎めない奴だったよ」

麻井は、ゆっくりと首を振った。

「——犯人を、捜さないんですか？」

と、みゆきが訊くと、麻井は真剣な顔で、少しむきになった。

「捜すとも。もちろん見付けてやるさ。ただ、容易じゃあるまいがね」

「やっぱり殺したのも……『殺し屋』っていうような——」

「もちろんさ。背広の上から刺すんじゃなくて、背広をめくって、その下を刺していると言ったろう？　すぐには目につかないから、逃げる余裕も充分にある。かなりのベテランの仕事だよ。あいつもベテランだったんだが」

「怖いですね」

と、みゆきは言った。

「まあ——しかし、君には別に何の害も及ばないさ。君はただ、鳴海のそばにいただけだ。びっくりしたろうし、いやな思いもしただろうが、早く忘れることだ」

「はい」

紅茶には、たっぷりミルクを入れて、それで少しぬるめにして、一気に飲んだ。こういう飲み方が好きだ。母親は、もったいない、なんてケチなことを言うが。

「――行こうか」

と、麻井が立ち上がった。

「はい。ごちそうさまでした」

「いや、こんなもんで、悪かったね」

麻井は、少し照れたように言った。

店を出て、二人はまた警察署の方へと戻って行った。

「――すぐに帰れるようにするからね。全く、呑気《のんき》で困る。お役所なのでね、警察って所も」

みゆきは、ちょっと笑った。

「――おい、田口！」

麻井が、さっきの若い刑事が署から出てくるのを見て、手を振った。

「あ、麻井さん。どこに行ったのかと……」

「おい、何だ。こんな子を三時間も放っとくとは」

と、文句を言いながら、麻井は大股《おおまた》に歩いて行く。

みゆきは、遅れて歩いて行った。自分のとは少し違う型のセーラー服を着た女の子が、すれ違って行く。

その少女が自分の方を見たので、みゆきもその子の顔を見た。――何となくこっちを見た、という感じではない。分かっていて、見たのだ。しかし、みゆきは、その少女を知らなかった。

誰だろう？　見たことのない子だ。

とはいえ、顔を合わせたのは、ほんの一瞬のことでしかなかった。それに、少し傾き始めた日射しを背にしていたので、少女の顔は、ややかげになっていた。

みゆきは二、三歩行って、足を止めた。

今の子――どこかで見たことがある。

どこかで……。

「悪かったね」

と、その若い刑事が、頭をかきながらやって来る。「こんなに時間がたってるとは思わなかったんだ。つい忙しくて――。家まで、パトカーで送らせよう」

「いえ、いいんです」

みゆきは、あわてて言った。

パトカーに乗せられて来たなんて、母が知ったら、それこそヒステリーだろう。

「そうかい？　じゃ、電車で？」

「ええ。まだそんなに混み出す時間じゃないから、電車の方が」

朝のラッシュとは違って、帰りは、座れるところまではいかなくても、楽に立って本を開くぐらいのゆとりはある。途中から乗って来る人もそう多くはないし……。

みゆきは、ふっとめまいがするほどのショックを覚えた。顔から血の気がひいていただろう。

ただ、麻井と田口は何か他のことを話していたから、気付かなかった。

今の少女――すれ違った少女。あれは、朝、鳴海が刺されたとき、ちょうど表のホームに立っていた少女――鳴海を刺した少女だった！

みゆきは、振り向いた。

2　奇妙な鞄《かばん》

振り向いて、そこにセーラー服の少女を見た鳴海は、一瞬それが幻かと思った。

その迷いが、少し大げさに言えば、鳴海の人生を狂わせたのだった。いや――もともと、真直ぐなコースを辿《たど》っていたわけでもないのだけれど。

いつもの鳴海なら、そんなことはなかったはずだ。殺しを見られたとなれば、ためらうことなく、その目撃者を殺した。いや、大体、すぐそばまで誰かが来ているのに気付かないということ自体、信じられないような出来事だったのだ。

だからこそ、一瞬、そのセーラー服の少女を幻かと思って、ぼんやり眺めていたのである。

そうでないと分かったときには、少女はクルリと鳴海の方へ背を向けて、駆け出して行った。むしろ、駆け出すのを見て、やっとそれが本物の――生身の人間だと分かったのだった。

追わなくては――。

鳴海は駆け出そうとして、ウッと顔をしかめた。知らない間に、足首を痛めていたらしい。

これだけの格闘だったのだ。仕方がない。

もう少女の姿は、木立ちの間を埋める闇の中に、溶けていた。――憶《おぼ》えている。顔も、髪型も、手に下げていた鞄と、そして何だか妙な格好をしたものを持っていた。あれも鞄の一種だろうか？　それにしては妙な形をしていた。

追ってもむだだ。鳴海は諦《あきら》めた。

まだ、やり残したことがある。――足下に横たわる太った男を、鳴海は見下ろした。たった今、殺した男である。

片膝《かたひざ》をついて、鳴海はまず、相手が死んでいるのを確かめた。間違いない。

「手間を取らせやがって」

と、鳴海は呟《つぶや》いた。

冬の六時。夕方というより、もうほとんど夜である。空気も、乾いて冷たい。

雑木林の中に風が踊って、木々の枝が震えた。

鳴海は、まだ寒さを感じなかった。緊張しているというだけでなく、実際、体中で激しく息をつくほど動いたので、汗をかいていたのだ。もう少しすると寒くなるかもしれないが、今はまだ暑いくらいだった。

男の服のポケットから、持物を全部抜き取る。大したものはなかった。財布にも、現金はほんの二、三万。カードは使えない。

一応、自分のポケットへ全部しまい込むと、立ち上がって、上着の内ポケットからペンシルライトを出し、その光で死体の周囲を照らす。

不用意に落としたものはないか。足跡は残っていないか。はっきり指紋の出るようなものに触れていないか。

――大丈夫。鳴海は、自分を納得させるように肯《うなず》いた。

ペンシルライトを内ポケットに戻し、鳴海は、道路の方へと歩き出した。

見られたのだ……。

俺としたことが。――へまをやった。

足首は痛かったが、ゆっくり歩けば、そう苦でもない。

まさか、相手があんなに暴れるとは、思ってもいなかった。ナイフを突きつけてやればガタガタ震えて、手も足も出なくなると思ったのだ。それが……。狂った犬みたいに、めちゃくちゃに反抗して来た。

そうか。そのときに、木の根っこを変なふうに踏んづけて、足首を痛めたのだ。しかも、夢中で取っ組み合っていたので、あの少女がそばに来たのも気付かなかった。

それにしても――道から三十メートル近くも雑木林の奥へ入ったのに、見られるとは、運が悪いとしか言いようがない。

すぐに道へ出るという所まで来て、鳴海は、小さな灯が二つ三つ、揺れながら近付いて来るのを木々の間から見て、ハッと足を止めた。

警官か？　さっきの少女が呼びに行ったのだろうか。

頭を低くして、木の陰に身を寄せる。

――警官ではなさそうだった。警官なら、もっと急いでいるだろう。

軽く、明るい笑い声が響いた。――女の子たちだ。

鳴海は、ホッと息をついた。じっとしていると、風が冷たくなって、寒くなって来る。

場所を選びそこなったかな。――こんな時間に、女の子が何人も通るというのでは、死体が発見されるのも早いかもしれない。

所々、家はあるものの、まだこういう雑木林が方々に残っている新興の開発中の土地である。鳴海としては、いい場所を選んだつもりだったのだが。

「──やあだ！　で、キスしたの？」

「格好だけ。義理あるじゃない、一応」

「だって、くっついたんでしょ？」

「いやらしい言い方、よしてよ！」

甲高い笑い声が、目の前を通り過ぎて行く。

自転車に乗った三人の女の子たち。──暗くて、よくは分からないが、セーラー服姿の
さっきの、あの少女と、少なくとも年齢的には近いようだ。同じ所へ行くのか、それとも──いや、この話し方には、一種の解放感がある。おそらく、どこかの帰りではないか、と思った。

笑い声は、やがて遠ざかって、夜の闇の中へ消えて行った。

一時間に二本というバスにやっと乗り込んで、終点まで行った。降りるころになって、体に感覚が戻って来る。

何か熱いものでも食わなきゃ、死んじまう。

鳴海は、バスを降りる前に、念のために鏡を出して、顔を写してみた。知らない内に、傷や泥がついていることがあるからだ。

今日は大丈夫らしい。手の汚れは、ハンカチでこすり取った。

終点は駅の前で、一応、小さな店が周囲に並んでいる。バスの乗客は、五人しかいな

かった。ほとんどが老人で、半分は眠っているようだった。

さっさと先に降りると、鳴海はラーメン屋を見付けて、あそこへ入ろう、と決めた。

飛び込みたいが、連絡が先だ。

吹きっさらしの赤電話しか目につかない。こんな寒い所、ボックスの一つぐらい置いときゃいいんだ!

埃《ほこり》でざらつく受話器を取って、十円玉を余分に入れ、旧式なダイヤルを回す。

「——もしもし。あ、俺です。——ええ、用は片付きました。——そうです。——ええ、特に問題なかったけど、ちょっと手こずりました。——けがはしてません。明日《あした》、そっちへ行きます。——どうも」

もう何度も、こんな電話をかけているのだが、それでも、かける度に、ちょっと誇らしい気分になる。一つの「仕事」が、ここでやっと完全に終わるのである。

いや、もちろん報酬は受け取らなきゃならないが、それは「仕事」ってわけじゃないし……。

ともかく、今は、ラーメン屋の戸をガラッと開けることの方が先決だったのである。

ラーメンをアッという間に空にして、やっと体が暖まると、鳴海は定食を追加して頼んだ。

今日は、体力も使ったが、朝から相手の男を見張っていたので、昼食抜きだったのである。

やれやれ……。

時間も夕食どきのせいだろう、侘《わび》しい駅前の店にしては混み合っている。少し落ちついて、鳴海は店の中を見回した。

――三人の女の子が、チャーハンやら何やら、皿を三つも四つも並べて、せっせと食事の最中だ。

あの子たちだ、と思った。――そうか。そういえば、表に自転車があった。

畜生！　そんなことにも気が付かないようじゃ、困ったもんだな。

さっきの女の子たちに違いなかった。時折聞こえる笑い声は、さっきと同じだったから。

三人とも、たぶん一六、七。セーラー服を着ていた。それが、さっき林の中で見た少女のものと同じかどうか、鳴海には判断できなかった。

しかし、似た感じだということは確かである。同じ学校の子という可能性は高い。

その三人は、四人がけのテーブルについていたが、一つ、余った椅子に、何やら荷物が置いてあった。マフラーを上にのせてあるが、どうやら楽器らしい。

大きさから見て――たぶんヴァイオリンだろう、と鳴海は思った。楽器に詳しいわけでもないし、音楽もあまり聞かない方だが、チェロならもっと大きいだろうし、ギターだって、あんなに小さくあるまい。

みんなが楽器を持っているというのは……。

そうか。――鳴海は、さっきの少女が手に下げていた、奇妙な鞄《かばん》のことを思い出して、肯いた。あれもきっと、何か楽器が入っていたのだ。

するとやはりこの女の子たちと一緒だったのか。――ただ、あんなに暗い道で、なぜ一人で歩いていたのか、そして、どうして雑木林の奥へ入って来たのか……。

定食が運ばれて来て、鳴海は食べ始めた。女の子たちの話は、この席からでは遠すぎて聞こえない。分かっていれば、近くの席を取ったのだが。

まさか、理由もなく、

「どこの学校？」

などと訊《き》くわけにもいかない……。

鳴海は、十分ほどで定食を食べ終えた。長居は無用だ。店にいる誰かが、顔を憶《おぼ》えていたら、死体が早く発見されたときには危険なことにもなりかねない。可能性は低いとしても、やはり危いことは避けた方が賢明である。

鳴海は、立ち上がって、伝票を手にレジの方へ歩いて行った。

料金を払って、おつりを取っていると、

「ねえ」

と、肩に触る手があって、ギクリとする。

もちろん、刑事でないことは分かっているが、それでも反射的に身を固くしてしまうのである。

振り向くと、あの三人の女の子の一人である。

「何だい？」

と、鳴海は訊いた。

「あのね――」

女の子は、笑いをこらえている感じで、「ズボンのお尻《しり》が、ほころびてます」

呆《あき》れている鳴海を尻目に、クックッと笑いながら、テーブルへ駆け戻る。他の二人は、大笑いしていた。

鳴海のことを笑っているのではなく、わざわざ教えに行ったことが、おかしくてたまらないらしい。――そっと手をやると、たしかに、お尻の辺がほころびている。

いくら汚れに気を配っても、ここまでは気が付かなかった！　つりをもらうと、鳴海は、急いで店を出た。

きっと、中では、またあの三人が大笑いしていることだろう。

「寒いや、畜生……」

と、鳴海は首をすぼめて歩き出したが、ふと思い付いて、三人の乗って来た自転車の方へと歩いて行った。

そうだ。自転車には、盗まれたり、紛失したりしたときのために、名前や電話が書いてあるものだ。

その一つの名前と電話番号を、頭へ入れ、鳴海は駅へと歩き出した。切符を買って中へ入ると、急いで手帳を取り出し、名前と電話番号をメモする。

こういう記憶はどうも苦手なのだ。書きとめておかないと、すぐ忘れてしまう。手帳をポケットへ入れたときには、確かに、その記憶はもう鳴海の頭から消えてなくなっていた……。

「あら、お帰りなさい」

アパートの玄関を入って、並んだ郵便受を覗《のぞ》いていると、パタパタとサンダルの音がした。見なくても、鳴海には分かる。このアパートの一階、一〇四号室に住んでいる三矢《みつや》絹子《きぬこ》である。

「今晩は」

と、鳴海は言った。「寒いですね」

「本当ね。今夜は早いじゃないの」

と、三矢絹子は、微笑んだ。

「仕事が割合に早く終わりましてね」

と、鳴海は言った。

「風が強い？　髪が乱れているわ」

四十を少し過ぎたこの三矢絹子、アパートの住人にとっては、悩みの種である。いい意味でも悪い意味でも。

世話好きではある。夫と、二人の子供がいるが、その忙しい家事の合間に、アパートの独身男性たちに、お菓子を作ってやったり、相談にのってやったりしているのだから。

ただ、その「相談にのる」というのが、時として行き過ぎることもあった。

四二歳。——女盛りというのか、少し太めの豊かな肉付きの体からは、「女の匂い」を辺り一杯に発散させている。

「ねえ、鳴海さん」

と、絹子が独特の、ちょっと鼻にかかった、甘ったれたような声を出す。

「はあ」

鳴海の部屋は二階である。階段の方へ歩きかけていた足を止めて、振り返ると、

「お食事は？　すまして来たの？」

と、訊いて来る。

「ええ、食べて来ました」

「あら、そう。主人がね、急な出張になって、夕食のおかずが、余っちゃったものだから。——残念ね」

「そうですね」

鳴海は、少々素気なく言った。

「じゃ、他の人にでも訊いてみるわ。——おやすみなさい」

「おやすみなさい」

鳴海は、階段を上がって行った。

部屋は二〇五。二階の一番奥である。

警察にいつ追われるかもしれない身としては、廊下の行き止まりの部屋というのは、あまり向いていないかもしれないが、仕方ない。

外国のギャング物や、ハードボイルド小説に出て来るクールな殺し屋みたいに、高級マンションに一人で住んで、外国製のスポーツカーを乗り回す、ってわけにはいかないのである。日本では殺し屋も「中小企業」でしかない。いや、正確には「下請け」とでもいうのか。

鍵《かぎ》を開けて中へ入ると、明りをつけた。

部屋は冷え切っている。ここ二日間、帰っていなかったから、当然だろう。

鳴海は、六畳間の隅に置いた、中古の石油ストーブの目盛を見た。石油は半分くらい入っている。これなら、夜一杯もつだろう。

念のために、点火する前にトントンと叩《たた》いてみる。時々、目盛の針が、何かに引っかかっていて動かないことがあるからだ。一杯入っていると思ってたいていると、スーッと消えてしまうことがある。

そんなときはトンと叩くと、針がガクンとゼロの所まで行ってしまって、がっかりするのだ。今夜のところは、大丈夫らしい。

少しストーブを揺らしてみると、針もそれにつれてユラユラと動く。

点火しておいて、鳴海は窓を開けた。寒いが、初めの何分間かは、開けておかないと、油煙と匂いで、頭痛がして来るのである。

寒さよりも、鳴海は匂いの方が苦手だった。

ストーブから少し離れて、畳の上に座り、立てた膝《ひざ》に両手をかける。――ストーブが少しずつ熱されて来て、炎が赤く、白く、輝き始める。

女か。――鳴海は肩をすくめた。

確かに、三矢絹子も、いい女には違いない。若くもないし、初々しくもないが、「女の匂い」は正に圧倒的なものがある。

変った夫婦で、亭主の方も、妻が浮気していることを――それも、アパートの独身男性とは一人残らず、何度か寝ていることを、よく知っているのだ。

それでいて、一向に腹を立てるでもなく、いつもニコニコしている。出張にもよく出るのだが、たいてい、鳴海たちに、おみやげを買って帰ってくる。

その留守中、妻の方は、誰かと必ず一度は浮気しているというのに……。

だから、却《かえ》って気味が悪い。亭主の方にマゾっ気があるんじゃないか、などと他の独身仲間と話したりするのだが、実際のところはどうなのか……。

今夜も、あの絹子が誘いをかけて来たのだ。夕食のおかずが余った、などというのは、もちろん口実である。

しかし――鳴海は、今夜はとてもそんな気になれない。

「もういいかな」

と呟《つぶや》いて、立ち上がると、鳴海は窓を閉めた。

カーテンを引き、少し部屋が暖まるのを待って、着替えをする。

そうか。ズボンのお尻がほころびてたんだっけ。

明日《あした》にしよう。人を殺した夜は、やはり何もしないで、考えないで眠りたい。

これぐらいは、禁欲的でニヒルな、スクリーンの殺し屋を真似てもいいじゃないか。

自分でコーヒーを淹《い》れる。

鳴海は、アルコールを、まるでやらないわけではないが、そう好きではない。といって、別に酔って警戒心が薄れるのが怖いからではなかった。そんなに四六時中、周囲に気を配っていたら、ノイローゼで入院ということになってしまう。

昔、十代のころ、働いていた店で先輩たちに無理に酒を飲まされ、ぶっ倒れて危うく命を落としかけた。それ以来、あまり飲み過ぎると自然に頭痛がして来て、黄色の信号の如く、頭の中で点滅して知らせてくれるのである。

風呂《ふろ》はもう少し後でいい。——コーヒーが入ると、ブラックのままカップに注いで、鳴海はTVをつけ、その前にカップを持って座った。

別に何を見るというわけではない。ただ、TVでも点《つ》いていないと、部屋の中が殺風景でいけないのだ。

ゆっくりとコーヒーを飲む。ホッとする時間だ。一つの仕事が終わって……。

――終わって？

TVに、セーラー服の女の子が出ていた。

そうだ。終わってはいない。見られたのだから。

自分のヘマは自分でかたをつけるしかない。――見られて、しかも取り逃した。こんなことを、とてもボスには言えない。怒鳴られて、報酬をくれないだろう。冗談じゃねえや。あんなに苦労したのだ。せめて少しはぜいたくのできるくらいはもらっておかないと。

「そうだ」

経費を出さなくちゃ……。全く、やかましいのだ。いちいち、殺し屋が電車賃だのバス代だのを憶《おぼ》えていられるかって！

しかし、今のボスは、そういう点、細かいのである。食べたラーメンの値段まで、メモにして出さなくちゃならない。

手がかりが残るから、領収書までもらえとは言わないが、本当なら、ほしいところだろう。

「忘れないうちに、やるか」

鳴海は、TVをつけっ放しにして、広告のチラシの裏にボールペンで思い出すままに並べて行った。

バス代、電車賃、電話代、昼食三回、夕食二回……。

トントン、とドアをノックする音。

「鳴海さん、いる？」

三矢絹子である。

いないわけがないじゃないか。——鳴海は、ちょっとため息をついて、

「はい」

と、返事をした。

ドアを開けると、絹子が、何やらアルミホイルをかけた皿を手に持っている。

「ケーキを作ったの。食べてもらおうかと思って……」

「すみません、いつも」

と、鳴海は言った。「じゃ——ちょっと上がりませんか」

そう言わないわけにはいかない。

しかし、今日はだめだ。人を殺して来たんだからな。今日は……。

「じゃ、ちょっと——」

と、絹子は、当然の如く上がり込む。

「ええと——子供さんたちは？」

「もう寝たわ。ぐっすり眠ってるから、大丈夫」

と、ニッコリ笑う。

目つきが、もうどこかギラついているのである。

今夜はだめなんだ。悪いけどね……。

「じゃ、紅茶でもいれましょうか」

「コーヒー飲んでるじゃないの」

「あ、そうか」

おかしいな、と鳴海は思った。人を殺した日は、そんな気になれないはずだったのに、どことなくうわついている。

「じゃ今、カップに――」

と、絹子にコーヒーを出す。

ケーキはなかなか旨《うま》かった。実際、絹子は料理の腕もいいし、子供の面倒もよくみるのだ。浮気さえしなければ、いい女房ということになるだろう。

「――何を書いてたの？」

と、絹子がメモを覗《のぞ》き込む。

「仕事の経費です」

と、鳴海は言った。

「ずいぶん細かいのね」

「ケチな会社でしてね」

と、鳴海は言った。

「ねえ」

「何か?」

「──どう?」

唐突なのである。それらしいムード作りとか、甘い言葉から入るのじゃなくて、直接来る。

そりゃ、絹子ぐらいの年齢《とし》になりゃ、それでもいいのかもしれない。しかし、鳴海はまだ独身の三十代である。

少しは恋のムードというものが必要な年代である。それに今日は、人を殺してきたのだ。

そう。今日はだめだ。今夜はその気になれない。

「ねえ。どう?」

と、絹子がすり寄って来る。

──結局、鳴海もその気になってしまったのだから、まあ、だらしのない話ではある……。

それでも、一応は考えていた。

あのセーラー服の少女を、何とかして見付け出さなくては、と。

3　花束

とても住む気にはなれない町だった。

もちろん、それは住んでいる人間の責任じゃない。町がまだまだ出来上がっていない、というだけのことだ。

しかし、誰かが車でここを通りかかったとしても、まず停めて降りてみたいとは思わないに違いない。

殺風景な町である。緑が沢山残っていれば、それはそれなりに風情もあろう。しかし、ここにはそれすらもない。

木は全部抜き去られて、のっぺりとした空地に変っているが、家が数えるほどしか建っていないので、それ以外の土地は、ただ砂埃《すなぼこり》の原因にしかなっていないのである。

鳴海は散々歩き回った末に、くたびれて小さなスナックに入った。

昼間は、喫茶店と食堂を兼ねているらしい。

一応、食べるものもある。鳴海はホッとした。

「カレーとコーヒー」

面白くもない注文をして、埃《ほこり》で白くなった窓から、閑散とした通りを眺めた。

ここへ、あの子たちは何をしに来たのだろう？

鳴海は、あの殺しをやった場所から、道を辿《たど》って来たのだ。自転車に乗った三人は、よっぽど遠くから来たのでない限り、この町から、あの道を通って駅の方へと出たはずである。

しかし、この町で、あの子たちは何をしていたのだろう。

殺しをやってから、一週間たっていた。死体が見付かったのは四日後のことで、たまたま犬があの辺に逃げ込んだのを、飼主が捜していて見付けたのだった。

まあ、鳴海としては四日間もあれば、充分だった。人の記憶も、はっきりしているのはせいぜい一日で、今ごろ警察がいくら調べたところで、まず何もつかめまい。

ボスもご機嫌で、報酬の他に、いくらか小遣いをもらった。ほんのいくらかである。

しかし、あの「ケチ」としては、思い切ったことだ。

もちろん、鳴海はあの少女のことを言っていない。賞《ほ》められただけに、ますます言い辛《づら》くなってしまった。

あの少女は、鳴海を見たことを警察に届けていない。きっと関り合いになるのがいやなのだろう。

それとも、鳴海がはっきり見たほどには、向うはよく見ていないのかもしれない。

普通の女の子の心理としては、早く忘れて、誰にも言わずにおきたい、というところだろう。それなら、鳴海にとっても好都合ではある。

だが……。万が一。——これが、鳴海には一番怖い言葉だった。

もしあの少女が、遅ればせながら、市民の義務を果すべきだと思い直して、警察へ行ったとしたら……。

当然、向うは前科のある連中、犯人の可能性があると目をつけている顔を、次から次へと少女に見せる。

見分けられないという可能性もあるが、もし、よく憶《おぼ》えていたとすれば——その中に、鳴海の顔があるのは確実なのだから、少女はきちんと見分け、これです、と指さすかもしれない。

そうなれば、もう鳴海はアウトである。

警察にも、知った顔がいくらもいる。麻井のように、何となくうまが合って、仕事でさえなきゃ、会っていて楽しい奴もいるが、それは例外で、一旦《いったん》鳴海がやったと分かれば、とことん追ってくる。

そうなると、鳴海はボスからも見放されてしまう。それどころか、口封じに消されるかもしれない。——ギャング映画だけのことじゃないのである。

やはり、何とかしてあの少女を見付け、始末しなくてはならない。しくじったら、却《かえ》って大変なことになるが、まず大丈夫。

ただ問題は、いかにして見付けるか、である。

「——お待たせしました」

と、太ったおばさんが、カレーとコーヒーを同時に運んで来た。

窓の外から視線を戻した鳴海は、食べながら、ぼんやりと店の中を見回した。

——そのポスターを、もう何度も鳴海は見ていたはずだった。

〈××市特別コンサート〉

音楽会か。——それにしても貧弱なポスターである。写真の一枚もない、ただ文字だけのポスター。

きっと古いのを、そのまま貼ってあるのだろうと思った。だが日時を見ると、今週の末だ。

音楽会。——楽器か。

そう。もしかすると……。

「こんな所でコンサートがあるんだね」

皿を下げに来たおばさんに、鳴海はさり気なく言った。

「ええ。年に二回くらいね。でも、割と評判いいんですよ」

と、おばさんが言った。「知ってる人の娘さんが出てるもんで、ポスターを貼ってくれって、頼まれててね」

「どこのオーケストラなんだい？」

ポスターは〈××市立オーケストラ〉とある。

「ああ、あれはね」

と、おばさんは笑って、「このコンサートのときだけ。素人ばっかりですよ」

「へえ。しかし、素人だけで、よくオーケストラがやれるもんだね」

コーヒーを飲んで、鳴海は苦さに顔をしかめた。いくら砂糖を入れても、これじゃだめだろう。

「学生さんを借りてるんですよ」

と、おばさんが言った。

「学生を?」

「ええ、高校生とか大学生とかね。半分くらいは学生さん。ほら、今は私立だと、結構オーケストラがあるんですって」

「へえ。そんなもんかね」

「でなきゃ、素人だと、ヴァイオリンとか、そんな楽器ばっかりでしょう。珍しい楽器は、そういう所から借りて来ないと、曲ができないんですって」

「なるほどね」

鳴海は肯《うなず》いて、「ホールって、どんな所にあるの?」

「少し先ですよ。役所の建物があるでしょ」

「ああ、見たよ。新しい、きれいな建物だろ?」

「そこの中にホールがあるの。結構、きれいで新しくて、大きいんですけどね。――普段は使う人いなくて、奥さんたちがカラオケとか何かやってるんですって」

「それじゃホールが泣くな」

と、鳴海は、笑った。「――ごちそうさん」

店を出ると、鳴海はその市役所へと歩いて行った。

これがそうなのか。――周囲の閑散とした風景にはおよそ合わない、モダンな建物である。周辺がにぎわって、これが目立たなくなるのは、いつのことだろう。

〈ホール〉と書かれた矢印を辿って行くと、裏へ出てしまった。戻って捜して歩くと、途中で矢印が少し上を向いている。階段を上がれということなのだ。

やれやれ……。

全く、役所ってとこは！

ホールは、今日はカラオケ大会もないらしく、入口に鍵《かぎ》をかけてあった。ロビーが、ガラス扉越しに見える。かなり広いようだ。

どんなオーケストラが出来上がるのか知らないが、こんなホールを満員にするほど、客は入るのだろうか？

足音がして、振り向くと、メガネをかけた学校の先生みたいな女性がやってきた。

「ご用ですか？」

と、無表情な声で訊《き》く。

「あの……」

鳴海は、とっさに思いついた。「利用方法についてうかがいたいんですが」

「この市の住人ですか？」

「いえ――」

「じゃ、ご利用にはなれません」

「いや、つまり、知人に頼まれたんです。その――」

「じゃ、どうぞ」

鳴海は、相手の対応に、すっかり呆気《あつけ》に取られていた……。

小さな事務所みたいな部屋へ連れて行かれて、書類を何枚も渡される。

「ここは責任者の名前、ここに印鑑、ここには住所――」

ポンポンと言葉が出て来るので、聞いている方は、ただ肯いているだけである。

全然頭には入っていない。

「で、ホールの空きは……」

「いつご利用？」

「あ……まだ正確には――」

「今のところはですね」

と、分厚いノートを開く。

これが見たかったのだ。鳴海はホッとした。

――一週間前。

と、入っている。夕方四時から。

これだ。——やはり、あの女の子たちは、このリハーサルに来ていたのだろう。すると、あの少女もおそらく……。

鳴海は早々に礼を言って、引き上げた。

——その日、鳴海は電車で二時間近くも乗って、都心へ出た。

銀座《ぎんざ》の大きな楽器店へと足を運んだのである。一階二階はレコードやCDのフロア。三階へ上がると、ガクンと客の数は減ってしまう。楽譜の売場なのである。

楽器の売場はさらに一つ上だ。こちらはもっと空《す》いている。

ブラブラと歩いてみるが、鳴海には、どうやって音を出すのかわからないような楽器が沢山並んでいて、面白いような退屈なような、だった。

——あれだ。

鳴海は、ガラスのケースの奥に、あの少女が手にしていた、奇妙な形の鞄《かばん》を見付けた。

そうか。あの子が持っていたのは、「ホルン」という楽器なのだ。

金管楽器にしては丸く柔らかいホルンの音が、ホールの中に、快く広がった。

オーケストラがピタリと動きを止め、ホルンだけがメロディを奏する。

そしてもう一度、オーケストラが一斉に鳴って終わった。

ワーッと拍手が起こる。鳴海は、ハッと目を覚ました。

何しろクラシックなど聞いたこともない。始まると、たちまち眠くなってしまった。目を覚まして、一応拍手はしたが、それよりも周囲を見回して、ほぼ客席が埋っているのにびっくりした。入ったときは、まだパラパラで、これじゃ演奏する方も気の毒だな、と思ったのだが、その後ずいぶん入って来たらしい。

オーケストラも、どうせ小さいんだろうと思っていたのだが、八十人はいる感じだった。ただ学生が多いのは確かなようで、この間ラーメン屋にいた三人も、前の方でヴァイオリンをひいていた。別人のように、神妙な顔をしている。

ホルンは、奥の方で、よく見えなかった。

鳴海は、一階の前の方の席に座っていた。

といっても、あまり前では、向うに見られるし、居眠りするのも見っともない。十列目に座ったのは、別に理由があってのことではなかった。

指揮者は太った中年の男だったが、拍手に応《こた》えて頭を下げると、禿《は》げた頭から汗がしたたり落ちた。

指揮ってのはダイエットになるのかな、と鳴海は思った。

拍手が続いて、一旦《いったん》袖《そで》に引っ込んだ指揮者がまたステージに戻って来る。そして、一度客席の方へ頭を下げると、オーケストラの方を向いて、誰かに、立つように手で合図をした。

ためらいがちに立ち上がったのは、ホルンを手にした少女だった。――あの少女だ。もちろんセーラー服ではない。白のブラウスと紺のスカート。しかし、顔は間違いなくあの少女だ。

拍手がその少女に浴びせられ、少女は頰を紅潮させた。照れながらも、嬉《うれ》しそうだった。

その気持が、客席の鳴海にも手に取るように分かる。――きっと難しい楽器なのだろう。

楽器のことなどさっぱり分からない鳴海だが、その少女のホルンの音が、かなりきれいに鳴って、オーケストラ全体を引き立てていたことは、何となく感じられた。ヴァイオリンの子たちが、弓で軽くヴァイオリンの胴を叩《たた》いている。あの少女に拍手しているのだと、鳴海にもわかった。

――申し訳ないが、と鳴海は思った。このオーケストラは、新しいホルンの奏者をどこからか見付けて来なくてはいけなくなる。今夜が、その少女の最後の舞台になるのだから。

鳴海は無意識に、上着の上から、内ポケットのナイフの手触りを確かめた。

――なお、拍手はしばらく続いた。

もちろん、あのホルンをかかえた少女は、もう席に座っていたが、指揮者が手で合図する度に、オーケストラ全員が立ち上がり、あの少女も立ち上がっているのが目に入る。

——そのパターンが三回ほどくり返されてから、アンコールの曲が演奏された。

今度は短い曲だし、やたらにぎやかで鳴海でも聞いたことのある曲だったから、眠くはならずにすんだ。今度も、あの少女のホルンの音がオーケストラの響きを貫くように聞こえて来て、正直なところ鳴海はびっくりした。一人だけでも、上手《うま》い奴というのは、他の何十人を合わせたより大きな音が出せるものなのか。

本番の方では大分もたついて、妙な音を出していたトランペットなども、今度はきちんと吹けたらしく、曲は勢いよく突進するように鳴って、終わった。ドッと拍手が湧く。

面白いもんだ、と鳴海は思った。さっきの拍手は、かなり「義理」という感じもあったのだが、今度ははっきり「賞讃《しようさん》」の拍手になっている。ただの拍手にも、「顔」がある。

——そろそろ帰り始める客もいた。

しかし、大部分は残って拍手を続けている。

予《あらかじ》め決められていたのだろう、袖から若い女性が現われて、指揮者に花束を渡した。

まあ、この辺が潮時——というわけか、拍手も次第に静かになり、オーケストラが立ち上がって、袖へと戻って行く。

鳴海は席に座ったまま、あのホルンの少女が、一旦ステージの前の方へ出て来てから、袖に向って歩いて行くのを見ていた。奥の方から出て来るので、どうしても引っ込むのは最後に近くなる。

すると——花束を手にした若い男が一人、帰りかける客の流れを逆にかき分けて、ステージの方へ駆け寄った。そして、あの少女に花束を差し出したのである。

少女は、ちょっとびっくりして、戸惑っていた。——私に？　その顔は、そう訊《き》いていた。

その若者が、あまり高価とは思えないその花束を、少女の方へと高く差し出すと、少女はホルンを左手に持ちかえて、花束を受け取った。口の動きで、ありがとう、と言っているのが分かった。

どうやら、知った顔ではないらしい。それだけに少女は嬉しそうだった……。

——鳴海は、ホールから外へ出た。

風が猛烈に冷たく、頰が痛いようだ。ホールを出た客たちも、外の寒さに震え上がって、駅の方へと急いで歩いて行く。

駅までは近いのだが、電車で帰る人はそう多くない。車で来ている客も多かったようだ。

さて……。どうするか。

鳴海は、楽屋の出入口を、予め下見していた。

駐車場へ出る通路の途中にあり、今は車で帰る客が、ゾロゾロと歩いている。

今夜は無理かもしれないな、と思った。

楽屋の出口辺りは、大勢人が待っている。出演したオーケストラのメンバーの知人や家族なのだろう。特に、あの女学生たちの家族は一緒に帰るだろうから、今日、ここで少女を狙うのは難しい。

せめて、学校の名前でも分かるといいのだが……。

ともかく、風を避けて、鳴海は電話ボックスに入った。ちょうど楽屋の出口が見える位置だ。何をしているのかと怪しまれても困るから、一応受話器を取って耳に当て、話しているふりをする。

普通の客たちが帰って、大分閑散として来てから五分ほどたって、楽屋口のドアが開き、手に手に楽器を下げた人たちが出て来る。

一人、また一人と、家族や連れを伴って、駅の方や駐車場へと歩いて行く。――あの女学生たちは、なかなか姿を見せなかった。

きっと、一緒に出て来るのだろう。

少し人の姿が途切れてから、やはり一斉に、女の子たちがガヤガヤ騒ぎながら出て来た。――あの少女は？

鳴海は、目をこらして、女学生たちを見たが、あの少女の顔はなかった。そう、ホルンのケースも見当らないのだ。

何をしているんだろう？――女学生たちも待っていた家族と、次々に姿を消し、楽屋口には誰もいなくなってしまった。

――妙だ。鳴海は少し焦った。

見逃したのだろうか？　注意して見ていたのだが。

もう誰も待っていない。こんなことがあるだろうか。あれだけ活躍していながら、家族や友人が誰も聞きに来ないということが……。

それに、他のヴァイオリンの子たちも、あの子を待とうともしない。——妙な話だった。

だが、そういえばこの間も、あの少女は一人で歩いていたわけだ。他の三人が一緒に自転車で帰っていたのに。

何かわけがあったのかもしれない。

しばらく電話ボックスの中で様子を見ていた鳴海は、楽屋口から誰も一向に出て来る気配がないので、仕方なくボックスから出た。

こんなに出て来るのが遅いわけがない。すると、初めワッと出て来たときに、あの少女も混っていたのかもしれない。大人たちの間に入れば、姿が見えなくても当然かもしれなかった。

仕方がない。諦《あきら》めて帰ろうと歩きかけた鳴海は、急に誰かがホール正面の柱の陰から出て来たので、びっくりして足を止めた。

少女に花束を渡した、あの若者である。鳴海の方をチラッと見ただけで、楽屋口へと歩いて行く。

鳴海は、足を止めて振り返った。若者が楽屋口の前に行って、ためらうようにドアを開けようとすると、いきなりドアが中から開いた。――あの少女が、ホルンのケースを下げ、紺のオーバーを着て出て来たのだった。

「あら――」

少女の声が、風に乗って聞こえて来た。「さっきはありがとう」

花束は、ちゃんと少女の腕に挟んであった。若者の方はおずおずと、

「よかったら、送りますけど……」

と言った。

「ありがとう。でも――」

少女が、少し間を置いてから鳴海の方を見た。鳴海はギクリとした。

しかし、もっと鳴海をびっくりさせたのは、少女が、

「迎えに来てるから」

と言って、鳴海の方へ、「あそこに」

と、視線を向けたことだった。

「そうか……」

若者はがっかりした様子を、極力見せないように、「じゃ、またいつか――」

「ええ。とても嬉しかったわ」

と、少女は言った。

「また、聞かせてほしいな」

「そうね。ぜひ……」

「じゃあ」

「さよなら。わざわざありがとう」

若者が歩き出す。少女は、鳴海の方へと歩いて来て、

「お待たせして」

と言った。「行きましょう」

「うん」

鳴海は、他に仕方なく、少女と調子を合わせて歩き出した。あの若者が見送っているのが、視界の端に見えている。

——何だ、この子は？　どういうつもりだ？

ただ、あの若者の誘いを断るためだけに、そばにいた鳴海を利用したのなら、後になって、あの若者と付合っていれば良かったと後悔するに違いない。

ともかく、あの若者が見送っている間は、鳴海としても手が出せないのだ。二人は、肩を並べて歩いていた。——殺す者と殺される者という、奇妙な取り合わせの二人連れは——。

少女は駅へ行くのとは逆の方向へ折れた。

高くなった線路の土手の下、暗い、殺しにはうってつけの場所である。

車輪の音を響かせて、電車が頭の上を駆け抜けて行った。

少女は足を止めると、振り返り、

「――もう見えないわ。大丈夫」

と言った。

鳴海は、何となく気勢をそがれた感じで、少女を見ていた。――薄暗い中で、その黒い瞳《ひとみ》が光って見える。

殺人を目撃した、その目である。

「君は――」

と、鳴海が言いかけると、少女は腕に挟んでいた花束をつかんで、鳴海の方へ差し出した。

鳴海が戸惑って、それを受け取ると、少女は言った。

「あなた、私を殺しに来たんでしょう？」

4　殺したら？

みゆきは、切れた受話器を手にして、ぼんやりと立っていた。

廊下は少し黄昏《たそが》れて、ほの暗くなっている。磨き上げた廊下も、暗くなるとカーペットでも敷きつめたように、真っ黒に見えるのだった。

普通に歩いて来れば、スリッパの音が耳に入るはずだ。みゆきの母親は、そっと足音をたてないようにやって来たのに違いない。

少なくとも、みゆきはそう思った。

「みゆき！」

母の鋭い声が飛んで来て、みゆきはギクリとした。反射的に受話器を置く。

「――誰からの電話だったの？」

母は、スリッパをパタパタいわせながら、歩いて来た。

「知らないわ」

と、みゆきは肩をすくめた。

「出ておいて、知らないはないでしょう」

「だって、分からないんだもの。間違いよ、きっと」

「嘘つくのはやめなさい！」

母の声はヒステリックになった。「あの子からでしょう！　正直におっしゃい！」

「やめてよ、お母さん」

みゆきはうんざりして、「牧野《まきの》君からじゃないわよ」

「だったら、どうしてお母さんに言えないの？」

「知らない人だもの。間違い電話よ」

「間違い電話っていう話し方じゃなかったでしょう」

母にここまで絡まれると、みゆきもムッとした。

「牧野君だったら、どうだっていうの？　私はもう一七よ！　男の子と電話でしゃべってもいけないの？」

「ほらね、やっぱりそうだったのね」

「違うって言ってるでしょう」

「そうむきになることはないでしょ、違うのなら」

「お母さんがしつこいからよ」

「あなたが変にごまかそうとするからよ」

「いつごまかしたって言うの！」

「現に嘘をついているじゃないの」

母の言葉は、まるでクモの糸のように、みゆきをからめ取った。「二度と電話しないという約束よ。約束を破ったからには、警察へ連絡しますからね」

みゆきの顔から血の気がひいた。

「やめてよ、お母さん。――本当に、牧野君じゃないわ。一度も電話して来てない。本当よ！」

「あなたが嘘をついたり、かばったりする限りは、放っておけないわ」

みゆきは、厳しい母の表情の前に屈した。

「――分かったわ」

と、目を伏せる。「ごめんなさい」

「牧野君からの電話だったのね」

「ええ」

「何と言って来たの？」

「別に……。ただ、元気かどうか。声が聞きたかったって……」

みゆきは、母の目を、哀願するように見入った。「お母さん、お願いだから、警察に言わないで」

「二度と嘘をつかないって約束する？」

「するわ」

「嘘はつきません、と言いなさい」

「二度と嘘をついたりしません」

唇を切るような、寒い言葉だった。

「いいわ」

と、母は言った。「今度だけは見逃してあげる。今度かかって来たら、いくらあんたが頼んでも、許さないわよ」

「はい」

「部屋へ行ってなさい。もうすぐ夕ご飯よ」

　みゆきは、階段を上がって行った。

　新谷尚子《なおこ》は、娘が自分の部屋へ入って行くのを、階段の下から見届けると、居間へと戻って行った。ついでに、廊下の明りをつける。

「——おい」

　ソファで夕刊を広げていた新谷が、尚子を見て言った。「みゆきにきつ過ぎるんじゃないか？」

「いいのよ、あれくらいで」

　と、尚子は考えもせずに言った。「ああいう不良は、ちょっとやそっとじゃ諦《あきら》めないのよ。ビシッとやってやらなくちゃ」

「しかし、却《かえ》ってみゆきが反発するんじゃないか」

「あなたは、すぐそんな甘い顔を見せて！」

　と、尚子は夫をにらんだ。「それだから、みゆきも真剣に反省しないのよ」

「だけど——」

「みゆきのことは私に任せて」

　と、尚子は遮った。「自由にさせておいたから、あんなことになったんですからね」

　新谷は、ため息をつくと、夕刊の紙面に目を戻した。——任せて、と言われれば、もう自分の責任ではないのだ。

　養子の身としては、それはそれで気が楽であった。少なくとも、あなたのせいよ、と妻の尚子にわめかれるよりは、ずっといい。

みゆきにとって、どうなのか。――それはあえて考えないことにした。


――殺したら？

みゆきの頭の中に、あの奇妙な言葉が、こだまのように飛び交っていた。

しかも、普通のこだまとは違って、そのこだまは、はね返り、呼び交わす度に大きくなって来るようだ。

二階に上がって、自分の部屋へ入ったみゆきは、ベッドへ突っ伏すと、柔らかい枕の中へ、顔をねじ込むようにして、思い切り叫び声を上げた。そして枕を、強く強く、歯でかみしめた。布の裂ける音がした。

仰向けになって、暗い天井を見ながら、みゆきは激しく呼吸をした。――そうしたところで、母への怒り、憤りは消えなかった。

悔しかった。しかし、涙は出ない。泣ければ、却って気持は楽になったかもしれないのに。

果しない屈辱感と憎しみだけが、内へ内へと凝縮されていくのを、みゆき自身、感じていた。それは、たまらなくいやなことだったが、しかし、母がみゆきを信じない限り、それはいつまでも続くに違いないのだ。

「お母さんの――馬鹿！」

取りあえず、そう口に出して言ってみる。

取りあえず、だ。そんなもの、何の効果もありはしないのだけれど。

――見当違いなのだ。

さっきの電話は、本当に牧野純弥《じゅんや》からではなかったのだ。それなのに……。

自分の方が正しいと分かっているのに、母の前で膝《ひざ》を屈し、嘘をつきません、と口に出して言わされたのが、みゆきを深く傷つけたのは当然のことだ。

母はきっと、娘に勝ったと思っていることだろう。――やっぱり私が正しかったのよ、と。

そうではない。みゆきが謝らなければ、母は警察に電話をして、親戚《しんせき》に当る警部へ、牧野純弥がまた娘に手を出そうとした、と訴えるに違いなかった。

そうなれば、保護観察中の牧野純弥は、極めてまずいことになる。

部屋は、少しずつ、少しずつ、暗さを増していた。夜に満たされつつあった。

明りをつける気にもなれない。何をする気もない。――ただ、早くこの時間が過ぎ去ってくれればいい。

そして……母も。そう。お母さんなんて、いなくなってしまえばいい。

みゆきは目をつぶった。開いていても、つぶっていても、ほとんど変らないくらい、部屋は暗くなっていた。

「殺したら？」

──あれは何だったのだろう？

誰の、そして、どういう意味の言葉だったのか。

いや、本当に聞こえたのだろうか？　それとも、聞こえたような気がしただけなのか。

他の言葉を、聞き間違えたのか。

しかし、確かに電話は鳴ったのである。

「はい、新谷です。──もしもし。──どちら様ですか？　新谷ですが」

そう何度も、みゆきは名乗った。向うが、間違えていたはずはない。

「もしもし、こちらは──」

と、みゆきが言いかけたとき、聞こえたのである。

「──殺したら？」

という声が。

分からない……。あれは何だったのか？

たった一度、「殺したら？」と言っただけで切れてしまったのは、なぜなのだろう？

万一、あれが他の言葉だったとしても、たった一言だけ言って、切ってしまうというのはおかしい。

女性の声だった。それも、たぶん若い女性……。みゆきとそう変らない年齢の子ではないか。

一言だけでは、はっきりしたことは言えないが、何となく、みゆきはそう感じたのである。

もちろん、そんな電話をかけて来る友だちの心当りはない。

たった一言の電話。――それに何の意味があるのだろう？

みゆきは、しかし怖かったのだ。

怯《おび》えていた。――あの言葉が、まるで自分の内から発せられたような気がして。


「みゆき！」

ぼんやりと窓から校庭を眺めていたみゆきは、ふと我に返った。

「――呼んだ？」

と、友人の真田《さなだ》京子《きょうこ》の顔を見て訊《き》く。

「呼んだわよ」

「ごめん。――ちょっと考えごとしてたの」

真田京子は、中学のころから、ずっとこの女子校で一緒だった親友である。美人とはいえないが、カラッとした明るい性格で、誰からも好かれている。

教師たちにも人気があった。もっとも京子の方では、数学や物理の教師は、

「人はともかく、教えてるものが最悪よ！」

というわけで、敬遠してしまっている。

「何を考えてたの？　また暗いことばっかし？」

と、椅子を引いて座ると、京子が言った。

「さあ。――何考えてたか、忘れちゃった」

と、みゆきは肩をすくめた。

「隠すな」

「隠してないよ」

「あの子のこと？　純弥、だっけ」

「――考えないこともないけどね」

と、みゆきは頰杖《ほおづえ》をついた。「でも、どうにもならないもん。もし会ってる所、見付かったら、退学間違いなし」

「本当にね」

と、京子が首を振って、「みゆきみたいな子が、ボーイフレンドのことで、学校から厳重注意なんて、間違ってるわよ」

「別にいいの。何を言われても」

「愛を貫き通す？――ワア、カッコいい！」

京子の言い方に、みゆきは怒るよりも、笑い出してしまった。

「――変だよね。ホテルに行ったとか、タバコすったとかいうんじゃなくて、ただ、お茶飲んでしゃべったりしてただけなのに」

「みゆきだから、問題になるのよ。私なら、最初から期待されない」

と、京子が肯《うなず》いた。

「私だから？」

「そう。だって、みゆきは我が校の代表なんだもの、何にしても」

「そうかなあ……。ただ、おとなしくて、言うことをよく聞くだけのお嬢様なんて、人間じゃなくて、お人形じゃない」

「仕方ないよ。学校が、そういうお人形を求めてるんだから」

そう。――みゆきにも、その点はよく分かっていた。

純弥との付合いがばれて――隠していなかったのだから、ばれて当然なのだが――暴走族との付合いなどとんでもない、と注意を受けながら、それ以上の処分にならなかったのは、みゆきが成績ではトップを争い、かつ、この女子校の優等生の典型だったからだということ……。

だからこそ、ますます、いやになってしまうのだ。学校も。そして、「いい子」でいる自分のことも。

「学校出たら、好きなことしよう！」

と、京子が言った。「――ね、そういえば、今日じゃなかったっけ？」

「何が？」

「ほら、他校訪問の取材」

「ああ……」

そうだった。すっかり忘れていた。

「いやね。どうしてこんな学校、選んだのかしら」

と、みゆきは言った。

他の女子高校の新聞部が、この学校を取材に来るのである。そして〈生徒へのインタビュー〉に選ばれたのが、みゆきだったのだ。

「でも、あれは、注意を受ける前よ」

と、みゆきは言った。「誰か他の人にするんじゃないの？」

「そんなことないよ」

と、京子が言い切る。

「どうして分かるの？」

と、みゆきは訊き返した。

「だって、新聞部の部長の母親と、うちの母、仲良しなんだよね」

「ああ、そうだったわね」

「話してるの、聞いたもの。みゆきがいいって、向うのご指名だったんだってよ」

みゆきには初耳だった。

「どうして？　私、知らないわよ、あんな学校の子」

「理由は分かんないけど。――みゆき、結構有名なんじゃない？」

「まさか」

　みゆきは、顔をしかめた。

「――あと十分か。お昼休みって、どうしてこんなに短いの?」

「知らないわよ」

「そんなに人に当らないで下さい。優等生のみゆきさん」

「殴るぞ!」

と、拳《こぶし》を振り上げて、みゆきは笑い出してしまった。

京子といると、何だか楽しくなってしまうのである。――友だちというものは、本当にありがたい。

　そのとき、

「新谷さん」

と呼ばれて、みゆきは顔を上げた。

「はい」

「お電話よ。事務の受付」

　事務室の女性だった。

「はい、すみません」

　みゆきは、ちょっと不安だった。もしかして、牧野君かも……。まさか学校へ電話したりはして来ないと思うけれども。

　事務室へと急いだ。しかし、廊下を走ってはいけないことになっているので、気持は焦っても、ただ、急いで歩くしかないのである。

「――失礼します」

と、事務室の戸を開けて、受付のカウンターの電話へと急ぐ。

「あ、新谷さん。その電話よ」

顔を見知っている事務の女性が、笑顔で言った。――もちろん、みゆきが学校から厳重注意を受けたことは、みんな知っているはずだが、誰もかげ口などきかないのは、みゆきが好かれているからだろう。

「どうも」

みゆきは、受話器を取った。「もしもし。新谷ですが」

少し間があった。家からだろうか？

「もしもし？」

と、みゆきはくり返した。

「殺したら？」

と、囁《ささや》くような声が聞こえて、そして電話は切れた。

みゆきは、しばらく受話器を握ったまま、立ち尽くしていた。――誰なの？　一体誰が……。

「――あら、出ない？」

と、事務の女性が、声をかけて来る。

「あ——いえ、切れちゃったんです」

「あら、そう。名前、聞かなかったのよ。女の人で、お友だちだって言ってたけど」

「ええ、いいんです。またかけて来ると思います」

みゆきは、受話器を戻した。

廊下へ出て、ふっと息をつく。——あれは空耳でも何でもない。本当に、本当に聞こえたのだ。

誰がかけて来たのだろう？

家への電話だけなら、当てずっぽうのいたずらとも思えるが、この学校へ、しかも名指しでかけて来ているのだ。

あの声の女性は、みゆきのことを知っている。——何を知っているのか？　どこまで？

みゆきが母を憎んでいることも、知っているのだろうか……。

廊下を歩いて行くと、

「新谷さん」

と、呼び止められた。

「はい」

振り向くと、生活指導の担当をしている、初老の女教師が、骨だけみたいにやせた足で、歩いて来る。あの足でどうやって歩いているのか不思議だ、と生徒の間では評判であった。

「今日、六時間目は、他校から新聞部の人がインタビューに来ます」

「はい、うかがっています」

「失礼のないように。それから、この学校のことを、正しく伝えて下さいね」

要するに、悪口は言うな、ということだ。

「はい」

と、みゆきは答えた。


インタビューに来たのは、みゆきと同じ高校二年の女の子、二人だった。

一人は、面白くも何ともない、メガネをかけた優等生タイプ。もう一人は、やたらにキョロキョロと学校の中を見回して、話の方にはさっぱり関心がないようだった。

「校庭が少し狭いようですけど、不便はありませんか？」

と、メガネをかけた子が訊《き》く。

「ええ。でも都心の学校に比べれば広い方ですし、女子だけですから、そう不便なこともありません」

と、みゆきは答えた。「それに、狭い場所でも充分に運動できるように、先生が色々工夫して下さいますから」

「そうですか」

馬鹿ていねいにメモを取っている。——こんなこと、どこの女子高でも同じだろうに。

応接室には、教師も一人座って、インタビューに耳を傾けていた。これでは、とても自由に話などできっこない。

四十分ほどでインタビューは終わった。

みゆきもホッとした。まあ、面白くもない時間だったが、やはり疲れる。

「色々ありがとうございました」

と、メガネの子がノートを閉じて礼を言った。

「いいえ」

「一つ、お願いがあるんですけど」

「はい」

「そちらの新聞部の部室を見せていただけませんでしょうか。参考にしたいのですが」

みゆきは、教師の方を見た。教師は少しためらっていたが、

「いいでしょう。新谷さん、ご案内して上げなさい」

「はい」

と、みゆきは立ち上がった。

メガネの子は、もう一人の方へ、

「あなたはいいわ。校門の所で待っていて」

と、声をかけた。「——よろしくお願いします」

「どうぞ」

みゆきは、応接室のドアを開けた。

みゆきとそのメガネの子の二人は、廊下を少し行くと、どちらからともなく顔を見合わせ、笑顔になった。

「驚いたわ」

と、メガネの子が言った。「先生同席って初めて」

「窮屈だったでしょう」

「学校の雰囲気はよく分かるわ」

「そうね」

みゆきは、ちょっと笑った。

「——部室は?」

「一旦《いったん》外へ出た方が近いわ。裏手の方なの」

「じゃ、出ましょう。寒いっていう時期でもないし」

二人は校庭へ出て、校舎のわきを回って行った。

「——一つ、訊いていい?」

と、みゆきは言った。

「なあに?」

「私のことを、名指しでインタビューの相手に選んだって、本当?」

「どこでそんなことを？」

「ちょっと耳にしたの」

「そう」

メガネの子は肯《うなず》いて、「事実よ」

「どうして？　私のことを、どこで聞いたの？」

「聞かないわ」

「え？」

「あなたのこと、よく知ってるもの」

みゆきは足を止めた。

「知ってる？——私を？」

「ええ。牧野純弥って暴走族の子と問題を起こして、訓告処分を受けた、とか……」

みゆきは表情を固くして、

「どこでそんなこと——」

「噂は広まるわ。特に私立校同士なんて、たいてい知ってる人の一人や二人はいるんだから」

と、メガネの子は、楽しげに言った。

「それで私を？」

「それだけじゃないの。——もう一度会いたかったのよ」

　みゆきは、じっとメガネをかけた、その少女の顔を見ていた。――そうだ。どこかで会ったことがある顔だ。

「以前に……会ったわね」

と、みゆきは言った。

「ええ」

　少女はメガネを外した。「正確には三度目よ、これが」

「三度目……？」

「声だけは、聞いてるはずだけど。――殺したら？」

　みゆきは、目を見開いた。

「――あなたが！」

「みゆきさん、お母さんを憎んでるでしょ？　だから勧めてあげたのよ。殺したら、ってね」

　少女は、笑顔のまま、冷ややかな目で、みゆきをじっと見つめていた。

　この目！――この顔は――。

「あなたは……」

　みゆきはよろけた。「あのときの――あの人を殺した子ね！」

「そうよ」

　少女はみゆきの腕をつかむと、顔をぐっとみゆきの顔に寄せて、低く、しかしはっきりと言った。

「いい？　私はいつでもあなたを殺せるのよ」

みゆきは膝《ひざ》が震えて、立っていられなくなった。

「しっかりして！　鳴海の最期をみとったんでしょ？　だらしがないわねえ」

「どうして――どうしてここへ？」

「あなたにチャンスを与えようと思ったのよ」

「チャンス？」

「そう。あなたが生きのびるチャンスをね」

「どういう意味なの？」

と、みゆきは言った。

「ゆっくり説明するわよ」

と、少女はまたメガネをかけると、優等生に戻った。「じゃ、新聞部の部室へ案内して下さる？」

みゆきは、ゆっくりと歩き出した。

「自己紹介しておくわね」

と、少女は言った。

5　ホルン

「私、田所佐知子《たどころさちこ》」

と、少女は言った。

「さち子？」

鳴海は訊《き》き返した。「『幸福』の『幸』？」

「ううん。『佐賀』の『佐』と、『知る』っていう字」

「佐知子か」

鳴海は、呟《つぶや》くように言って、「ホルンはうまいもんだな」

「あら。ずっと眠っていたくせに」

と、田所佐知子は、ちょっと笑った。

「知ってたのか？」

「ロビーで見たわ、始まる前に。だからステージで席につくときも、あなたを捜してたの」

鳴海は苦笑した。

「全く、人をびっくりさせる奴だな」

「あら」

佐知子は、裸の胸を鳴海の胸にすり寄せて言った。「何か他にも、びっくりすることがあった？」

「びっくりすることばっかりさ」

鳴海は、佐知子の細い体を抱き寄せた。「これが初めてだ、ってことにもびっくりしたよ」

「図々《ずうずう》しかった？」

「いや、可愛いよ」

鳴海は微笑んだ。「それに、こんな所にホテルがあるのにも、びっくりした」

「だって、街道沿いだもの。ドライブの帰りなんかに寄るようになってるのよ」

「こんな所、よく知ってたな」

「あのホールへ行くとき、何度か車で、この前を通ったの」

——一体、何を考えているのか。

鳴海は、自分でもわけが分からないくらい、愉快な気分だった。こんな、子供のような娘に手玉に取られている自分が、考えてみると面白かったのである。

ホテルの部屋は、都心のそれのように派手ではなかったが、ただ泊るだけなら充分だった。

「——私、つまんなかった？」

と佐知子は訊いた。

「いや。——初めての娘を相手にしたのは初めてだ」

「ややこしいのね」

「しかし——」

と言いかけて、鳴海は言葉を切った。

「どうして、って訊きたいの？」

「まあね」

「命を助けてほしいからじゃないの。本当よ」

「もし、そうでも、必要なら殺す」

「そうでしょうね。お仕事なんでしょう」

「まあね」

俺は何をしてるんだ？　目撃者を消すためにやって来たというのに……。

「寒くないか？」

と、鳴海は訊いた。

「少し」

佐知子は、鳴海にすがりつくようにして、「抱いて」

と、言った……。

シャワーを浴びた佐知子が、ブカブカのローブを着て出て来たのを見て、鳴海は笑い出してしまった。

「笑わないでよ」

と、佐知子は赤くなった。「これ、大きすぎるわ」

「食べるものを取っといたよ」

鳴海は、ポットからコーヒーを注ぎながら言った。「こんなものしかないそうだ」

「わあ、ありがとう。お腹空《す》いてたの」

佐知子は、サンドイッチを早速つまみ始めた。「──でも、まあまあよ」

「そうか？」

鳴海は、奇妙な生きものを見るような気持で、この不思議な少女を眺めていた。

「──君はいくつ？」

「一七」

「一七歳か。──若いな」

「私と寝たから、あなたは逮捕されても文句言えないのよ」

「そうか。未成年だな」

鳴海は笑った。

「脅迫して、小づかいをせびろうかな」

「殺し屋を脅迫する奴があるか」

「それもそうね」

佐知子は、コーヒーを飲んで、「――まずい！」

と、顔をしかめた。

「そうか？」

「いつも、こんなまずいので我慢してるの？　私がおいしく淹《い》れてあげるわ。うまいのよ、コーヒー淹れるの」

「それはそうと――もう十二時だよ」

と、鳴海は時計を見た。「夜中に帰っても大丈夫なのか」

「帰してくれるの？　ここで殺されるのかと思ったわ」

鳴海は呆《あき》れて、佐知子を眺めた。大胆というのか、それとも少しおかしいのか……。

「怖くないのか？」

と、鳴海は訊いた。

「この間、私がどうしてあんな林の中に入って行ったか分かる？」

と、佐知子は訊き返した。

「いいや」

「死のうと思ってたの」

鳴海はハッとした。そんなことは、考えてもいなかった。

「なるほど」

「でも、あなたが人を殺してるところを見て、びっくりして逃げちゃった」

「そりゃ当然だよ」

「あの後で、考え直したの。死ぬことはないって」

「そうか」

「私が死ぬことないんだわ。——他に道がないと思い詰めてたんだけど、もう一つあるってことに気付いたの」

「もう一つ？」

「そう。——私の悩みの原因になってる人がいる。その人のために私が死ぬか。でなければ、私がその人を殺すか……」

佐知子はサンドイッチを一つ、丸ごと口へ入れて、モグモグさせ始めた。

「君が殺すのか」

佐知子は、口の中が一杯なので、ただ肯いた。

「それはすすめないね。殺すのは大変だ」

「でも、そうしないと、私が死ぬことになるの」

「他にも方法はあるだろう。家を出るとか」

「出てどこへ行くの？　何をして暮す？——結局、その日その日の食費のために、身をすり減らすことになるもの。いやよ。馬鹿らしいわ」

佐知子は、淡々とした口調で言った。「私、ちゃんと家から学校へ通って、好きな勉強をする権利があるもの」

「それを侵害してる奴がいるのか」

「そう」

「誰なんだ?」

「女。父の再婚相手よ」

「なるほど……」

佐知子は、ちょっと怒ったように、

「分かったように言わないで。私にとっては深刻なの」

と言った。

その怒った表情は、何ともいえず可愛かった。——鳴海は、すっかりこの少女への殺意を失ってしまっていた。

そして、佐知子のことを、もっと知りたいという思いに駆られていたのである。

「君を殺さないよ」

と、鳴海は言った。「密告しないだろう?」

「たぶん、ね」

と、いたずらっぽくウインクして見せる。

「大人をからかうなよ」

「私だって大人よ。あなたが大人にしてくれたんじゃないの」

「それもそうか。——君の目的は？」

「殺し方を教えて」

と、佐知子は言った。

「本気か？」

「もちろん」

「やめた方がいい」

と、首を振って、「俺がやってやってもいいぞ」

「これは私の問題だから」

と、佐知子はきっぱりと言った。

こいつは、普通の娘とは違う。——鳴海はそう思った。

本気なのだ。本気で、人を殺す気でいる。いや——もちろん少し時間がたてば、あるいは、その場になれば怖くなって、やめてしまうかもしれないが、それにしても大した度胸だ。

「でもね」

と、佐知子は続けて、「殺したはいいけど、何年も少年院や刑務所へ入るんじゃ、何にもならないわ」

「同感だね」

「だから、捕まらないように殺したいの」

「言うは易くだな」

「そう？」

「そうだとも」

鳴海は肯《うなず》いて、「第一に、相手は大人で、君は——子供じゃないとしても、大人でもない。力ずくで殺すのは容易じゃない」

「うん……」

「第二に、俺の場合は、仕事で殺しているから、直接の利害はない」

「動機ってことね」

「その通り。飲み込みがいいな」

「からかわないで」

「本当だよ。——君がもしうまくその女を殺したとしても、殺す動機のあった人間を警察は捜す。君も目をつけられるだろう」

「仲が悪いからね」

「だとしたら、なおさらだ。もし警察に目をつけられたら、おしまいだと思った方がいいね」

「そう？」

「十中八九、だめだ。——アリバイなんて、でっち上げても、その気になりゃすぐに崩される。目をつけられないこと。それが肝心なんだ」

「そうか……」

佐知子は肯いた。

「第三に――」

「まだあるの？」

「ある。良心の問題だ」

佐知子は、ちょっと目をパチクリさせて、それから笑い出した。

「おい、笑うなよ」

「だって――殺し屋のあなたが――」

「良心ってのは、誰にでもあるんだぞ」

と、鳴海は苦笑した。「つまり、ビクつくことさ。いつばれるか、いつ警官が逮捕しに来るかと、びくびくしてなきゃならない。それが一番辛《つら》いことだ」

「あなたも？」

「俺は、もう割り切ったよ。しかし、それは何件も殺しをやったからだ。いわば、開き直ったんだな」

「神経は太いつもりよ」

「それだけでもだめだ。――町を歩いていて同じ奴と二度出くわせば、尾行されてるんじゃないかと思うし、警官の姿を見ると、心臓が止るかと思うほどドキッとする。それに堪えられないと、ノイローゼになるぜ」

佐知子は、ゆっくりと肯いた。

「何となくだけど——分かるわ」

「分かりゃしないさ。やった後でなきゃな」

「でも、私、大丈夫だと思う。堪えられると思うわ」

「そうか？　頼もしいな」

「本気にしないの？」

「いや……。君ならやれるかもしれない」

鳴海は、本心からそう言った。

「もし捕まっても、あなたを恨んだりしないわ。密告もしないし」

分かるもんか、と鳴海は思った。少しでも罪を軽くするために、平気で仲間でも売る。人間とは、そういうものなのだ。

「ありがとう」

と、佐知子は立ち上がって、「充分にご忠告を活《い》かして、やってみるわ」

鳴海は、佐知子が背を向けてローブを脱ぎ、服を着るのを、眺めていた。白い、滑らかな肌。そのつやとみずみずしさを帯びた肌は、このほの暗い照明の下でも、輝くようだった。

「——おい」

と、鳴海は言った。

「なあに?」

「一番いい方法を教えてやる」

「どういう方法?」

「誰も殺しだと思わない方法で殺すことだ。殺人とみなされなきゃ、警察も出て来ないからな」

「ああ、そうか」

「それなら、動機も何もない」

「でも、どうやればいいの?」

「それは個々のケースだ」

鳴海は、一つ息をついて、「——よし、ともかく俺に任せろ」

「だけど——」

「実行はしない。ただ、そのための方法や準備を、考えてやるよ」

佐知子は目を輝かせた。

「本当にやってくれるの?」

「ああ。今夜の礼だ」

鳴海はニヤッと笑って、「その代り——」

「どうすればいい?」

「ホルンってやつを、吹いてみせてくれないか」

佐知子は呆《あき》れたように笑った。

――隣の部屋の客は、びっくりしただろう。こんなホテルで、まさかホルンのファンファーレが鳴り渡るとは思っていなかっただろうから……。

こんなこともあるものなのだ。

そう。まるで安手なドラマみたいに。おあつらえ向きの状況に出くわしたりすることが。

――これが現実というものなのである。

鳴海の入った喫茶店は、結構混雑していた。席を選ぶだけの余裕はない。仕方なく、店員に言われた通りの席につく。

一人で、連れもないのに、どの席がいいなどと指定はできない。

そこは店の奥の、少し引っ込んだ所で、肝心の店の入口が見えないのだ。――仕方ない。今日のところは、むだ足に終わるかもしれない。

せいぜい、顔を確認できればいい方だろう。

鳴海は、佐知子からもらった、親子三人の写真を取り出して眺めた。――佐知子と父、それに再婚相手の、例の女、予史子《よしこ》である。少なくとも、写真で見る限りではなかなか美人で、人当りの柔らかそうな印象を与える。

「そうなの。見た目がおとなしそうでしょ？　これで、みんな騙《だま》されちゃうのよね」

と、この写真を渡した佐知子が、悔しそうに言った。「父の前でも、いつも猫をかぶって、シクシク泣いたりしてるわ。だから父もコロッと騙されてて、従順な、おとなしい妻だと思い込んでるのよ」

――写真でも、田所と妻の予史子は微笑んでいるが、佐知子一人、面白くもないという顔で、レンズの方をにらんでいる。

さて、と……。鳴海は、写真をポケットへ納めると、首をのばして店の入口の方を見た。

今日この店に、この女が現われるはずだと、佐知子が言ったのである。

もちろん、写真だけでも顔ぐらいは分かる。しかし、人間の印象――大柄か小柄か、といった点は個人差が大きい。やはり、その実物を一度見ておくに越したことはないのである。

だから、一度、予史子を見ておこうというので、やって来たのだが……。

ちょうど店の入口を、首をのばして見やったとき、当の田所予史子が入って来たのである。しかも一緒にいるのは夫――つまり佐知子の父親だ！

あまりに好都合で、鳴海は、一瞬目を疑ったくらいだった。

店は相変らず混み合っていて、二人は困ったように立ち尽くしていた。ウエイトレスが、二人を奥の方へと案内して来る。――真直ぐ、鳴海の席の方へだ。

鳴海は、あわてて持っていた週刊誌を開けて、読んでいるふりをした。

「こちらになりますが……」

「ああ、結構」

田所の声がした。——田所と、予史子は、鳴海のすぐ後ろの席についたのだ。

こんなこともあるんだ！　鳴海は楽しくなって、思わず声を上げずに笑っていた。

「こんなところに席があったのね」

と、予史子の声がした。

佐知子の話では三四歳のはずだが、年齢よりはいくらか老けて見えた。着ているものが多少地味なせいかもしれない。

夫が四八歳というので、少し地味な格好にしているのだろうか。——しかし、はた目にもかなり年齢の違う取り合わせという印象は強かった。

「——どうしたんだ」

と、田所が言った。

いかにも会社の重役というタイプ。どうも冷たい印象があって、鳴海は好きになれないが、佐知子にとっては優しい、大切な父親らしい。

「佐知子さんのことで……」

と、予史子は言った。

「そうか。——明日《あした》から出張だ」

田所は、いかにも唐突に言った。

「また？」

「仕方ないだろう。仕事なんだ」

「それは分かってますけど……」

予史子は、少し明るい口調になって、「いつまで？」

「一週間。ニューヨークだ」

「じゃ、今日、帰ったら急いで仕度をします」

「うん、頼む」

「明日は早く出発？」

「今夜の内に成田《なりた》へ行って、向うのホテルに泊る。仕事の打合わせが残っているから」

「そう。――じゃ、今夜の内に？」

「十時ごろ帰れると思う。それまでに着替えなど詰めといてくれ」

「分かりました」

「車を待たせておいて、すぐに出る」

田所は、運ばれて来たコーヒーを一口飲んで、「――それで、君の話は？」

どうにも、夫婦の会話という印象ではなかった。何だか、事務的な手続をしている、という感じだ。

佐知子の話では、父親が後妻に夢中で、いいように弄《もてあそ》ばれているということだったが、鳴海には、とてもそうは思えなかった。

「あの――」

と言いかけて、予史子は少しためらった。「今夜でも、ゆっくりお話ししようと思ったんですけど」

「今夜は暇がない」

「そうね。――佐知子さん、時々、学校をさぼっているようなの」

と、予史子は言った。「今日、学校の方から電話があって、休むときは連絡してくれないと、って……。びっくりしたわ。いつも通りに出ているのに」

「それで、どうしたんだ？」

「迷ったんですけど――一応、途中で気分が悪くなったので、連絡が遅くなりました、と謝っておきました」

「それでいい。――なに、あの年ごろは、学校をさぼりたくなるものだ」

「でも――まさかとは思いますけど……」

「まさか……何だね？」

「もしかして――悪い遊びでも」

「佐知子が？」

「そうでなくても、恋人ができるとか、そんなことだってある年齢ですわ」

田所は、愉快そうに笑って、

「佐知子は、まだ子供だ。そんな心配は早すぎるよ」

「でも――」

「男に興味はあるだろう。そりゃ当然だ。しかし、まだ当分は、お話や映画の中だけのことさ」

おめでたいね、と鳴海は苦笑した。世の父親って奴は、こんなにも甘いものなのか。すぐそばに、その娘の処女を奪った男が座っていると知ったら、この父親、どうするだろう？

怒って殴りかかるか？――いや、そんなことはあるまい。

この手の男を、昔から鳴海は見て来た。――何でも自分に分からないことはなく、俺はどんなことでもよく理解している、と見栄《みえ》を張っているタイプだ。

もし鳴海がここで、

「失礼ですが――あなたは間違っていますよ。僕はお嬢さんと寝ました」

と言ってやったとしても、決して怒らないだろう。

こういう男は、「知らなかった」ということを他人に知られるのを一番怖れるのだ。だから、一瞬、ギョッとはするだろうが、すぐに笑って見せて、

「やっぱりそうか。そんなことじゃないかと思っていたよ」

と、言うだろう。

そして、したり顔で、

「まあ、もうあの子も、そろそろ経験していい年ごろだよ」

と、付け加えるに違いない……。

「ともかく――」

と、田所は言っていた。「君が今はあの子の母親だ。注意して見ていてやってくれ」

「ええ……。それは分かってるんです。ただ――佐知子さんが、私に心を開いてくれないので」

「照れているだけさ。私にだって同じことだよ」

「ええ……」

「私よりは君の方が、ずっとあの子に近い年代だ。話だって、きっかけさえうまくつかめば、入って行ける。――まあ、ゆっくりやることだ」

田所の声は大きいので、鳴海にもよく聞こえた。声の大きさで、正しいことを言っているような印象を与えてしまうのである。

ともかく、こう言われてしまったら、予史子の方は何も言えなくなる。

田所はコーヒーを飲み干した。

「――さて、会議まで二時間ある」

と、腕時計を見る。「君はどうするんだ、これから？」

「え？」

予史子は、ちょっと戸惑ったように、「別に……。帰って、夕食の仕度をします」

「家政婦に任せとけ。そのために金を払ってるんだ。安くないんだぞ。金の分は、働いてもらわんとな」

「でも――今の人、あまりお料理は……。佐知子さんのように若い人には合いませんわ」

「じゃ、何か買って帰れ。あの子が好きそうなものを」

「はい。――あなた、佐知子さんのことは――」

「君に任せる。女同士の方が話もしやすいだろう」

勝手な奴だ。――鳴海は、呆《あき》れるのを通り越して、笑いたくなってしまった。

「出るか」

と、田所が言った。

「ええ……」

予史子の口調には、はっきり諦《あきら》めが聞き取れた。――何の縁もない鳴海ですら、それが分かるのだ。

「おい、どうだ」

と、田所が言った。

「何か？」

「二時間して会社へ戻ればいいんだ。この裏のホテルに寄って行こう」

「あなた……」

「ここのところ、ごぶさただし、ニューヨークじゃ怖くて女は抱けんからな。さ、行こう」

田所は、立ち上がってさっさと歩き出す。

予史子は、急いで夫の後を追って行った。

――鳴海は、その後ろ姿を見送って、あの女に同情したくなっていた。

どうもいけないな。このところ、人情っぽくなっちまって……。

6 雑　踏

「おい、君!」

その声に、みゆきはまるで憶《おぼ》えがなかった。一緒に歩いていた真田京子が、チラッと振り向いて、

「変なおじさんが、こっちへ手を振ってるわよ」

と、声をひそめた。「聞こえないふりして行っちゃおう」

「うん」

みゆきも、そういうことに関るのは苦手だった。一旦《いったん》つかまってしまうと、強引に逃げるというほどの度胸もない。

だからここは「逃げ」の一手。——みゆきと京子は足を早めた。

しかし、休日の新宿《しんじゅく》である。歩行者天国とはいえ、道の混みようは不思議なくらい、いつもと変らない。それだけ人出が多いということだ。

急いで歩きたくても、人に邪魔されて、思うように進めないのである。

「おい！」

と、男の声が追って来る。

「いやねえ」

と、京子が顔をしかめた。「何を売りつけようっていうのかしら」

「京子、お願いよ」

「いやよ。みゆきこそ——」

と、二人で用心棒の押し付け合いをやっていると、

「新谷君だろう！」

——え？　みゆきは、びっくりして振り向いた。誰だっけ、この人？

「新谷みゆき君じゃないかな。もし間違っていたら、勘弁してくれ」

「新谷ですけど……。ああ、刑事さん！」

「麻井だよ。憶えててくれたか」

「どうもすみません。——何か変な人が声をかけて来たのかと思ったんで」

と、みゆきは頭をかいた。

「いや、遠くから見たんで、別の子かな、とも思ったんだが、見れば見るほどよく似ていたんでね。——友だち？」

「ええ」

みゆきは、京子のことを紹介した。京子の方は、刑事と話をしているというので、好奇心で目を輝かせている。

「——凄《すご》い人出だね」

と、麻井は周囲を見回して、「どうだね、何か甘いものでも。——といっても、どの店も混んでるだろうが」

「わあ、おごって下さるんですか？」

と、みゆきは笑顔になった。「それなら、穴場を知ってますよ」

「ほう。じゃ、そこへ行こう」

と、麻井が肯《うなず》いた。

——しかし、麻井も、まさかこんな店とは思わなかったろう。

ピンクと白の内装。女の子——それも高校生ぐらいの子ばっかり。

男は麻井ただ一人という状態だった。せめて若者ならともかく……。

「——すみません、こんな所へ連れて来ちゃって」

と、みゆきも少々気にしている。「いつもは、もう少し男の子もいるんですけど」

「いや、大丈夫」

麻井は、コーヒーを飲みながら、「面の皮は相当厚くできてるからね。そうでないと、刑事なんかやってられん」

「ねえ、みゆき、どうして知り合ったの？」

京子は、さっきからそれが訊《き》きたくて、うずうずしていたのだ。

みゆきは、鳴海が刺されて死んだ事件について京子へ話してやった。——あの事件のことは、親友にも詳しい話をしていなかったのである。

「——麻井さん」

みゆきは京子に話し終わると、麻井の方へ向いて、「あの犯人、見付かったんですか」

と、訊いた。

麻井は、ゆっくりと首を振った。

「まだだ。——手を尽くしてはいるんだがね」

「そうですか」

「ともかく、あいつの場合は、敵が多すぎたよ」

と、麻井は言った。「仕事とはいえ、人殺しを商売にしていたんだからな」

「殺し屋なんて、凄い！」

と、京子は一人で興奮している。

「私が何か見ていれば良かったんですけど……」

と、みゆきが言うと、麻井は微笑んで、

「いや、見ていなくて良かったよ」

「どうしてですか？」

「もし、あいつを消した人間を君が見ていたとしたら、今ごろは消されているかもしれないからね」

「怖い！」

と、京子が楽しげに（？）身を震わせた。

「犯人は――やっぱり、そういう関係の人でしょうか」

と、みゆきは訊いた。

「手口から見てね。そういう連中は、一つ仕事が済むとどこかへ消えて、ほとぼりがさめたころ戻って来る。――捜査する側にとっても、苦しいところだよ」

「大変ですね」

と、みゆきは言って、溶けかかったストロベリーパフェを食べ続けた。

もし――もし、ここで言ったらどう思うだろう。

私、犯人を知ってます。名前も分かりますと……。

麻井はびっくりするだろう。何といっても、犯人がみゆきと同じ女学生だとは、思ってもいないのだから。

麻井のびっくりする顔を、見てみたいとも思った。しかし――今になって話したら、なぜずっと黙っていたのか、と訊かれるだろう。

いや、それよりも、信じてもらえないかもしれない。

麻井はともかく、他の刑事や、検事、裁判官……。みゆきの証言以外に、何の証拠もないのだから。

田所佐知子を犯人だと告発しても、裁判で有罪にはできないだろう。無罪放免になったら……。今度こそ、みゆきは殺される。

だめだ。――話すわけにはいかない。

「元気がないね」

と、麻井が言った。

「あ――いえ、すみません。つい、考えごとをしてて」

みゆきは急いで言った。京子が口を挟んだ。

「悩みごとがあるんです、みゆき」

「ほう」

「京子――」

「みゆき、暴走族にいた子と付合ってて、学校から訓告処分を受けちゃったんです。今は暴走族じゃないし、誰と付合おうと構わないと思うんだけど」

「やめなさいよ、京子。麻井さん、ご迷惑よ」

と、みゆきは肘《ひじ》でつついた。

「いや、そりゃ大変だったね」

と、麻井は言った。「ああいう連中も千差万別だ。一つにくくって、放り出せば簡単だが、中にはいい奴も大勢いるんだよ」

「そうですね」

「そういう奴は、やがて自分で抜けて行く。迷いの一つなんだな。――その男の子とは、まだ付合っているのかい？」

「いいえ」

みゆきは、ちょっと目を伏せた。

「みゆきのとこ、お母さんがうるさいんです。だから、とっても――」

うるさい？――うるさいなんてもんじゃないわ。あんな人――死んじゃえばいい！殺したら？

あの声が、頭の中に響く。田所佐知子の声が……。

「そうか」

麻井は、よく分かっている様子だった。ゆっくりと肯いて、

「大人になるまで、待つんだね。今の君には長いだろうが、大人になってしまえば、あ、ほんのわずかの間だったんだ、と思えるようになるよ」

と、言ってくれた。

みゆきは、嬉《うれ》しかった。麻井の気持が、である。

もちろん、その「気持」だけでは、何の役にも立たないことも分かり切っているのだ

が……。

「――ただいま」

玄関を入ったみゆきは、女ものの靴があるのを見て、誰だろう、と思った。

「みゆき、お帰りなさい」

と、母の尚子が、急いで出て来る。「お客様よ」

「私に？」

みゆきは驚いた。そんな心当りはないが。

「そう。近くへおいでになったからって。――早くリビングへ行きなさい」

「はい」

誰だろう？――母がいやに気をつかっている様子なのが、気になった。

学校の先生だろうか？　それなら、「お客様」などと言わずに「先生」と言うだろう。

居間へ入ると、若い女性が背中を見せて、庭を眺めて立っていた。

「あの――お待たせしました」

と、みゆきが声をかけると、その女性が振り向いて、メガネをちょっと直した。

「どうも先日は」

と、田所佐知子は微笑んだ。

みゆきは、母の声を背に聞いて、やっと我に返った。

「何を突っ立ってるの。失礼じゃないの、みゆき」

尚子は、紅茶をいれて来たのだった。「どうもお待たせして。――友だちと遊びに出ると、さっぱり帰って来ないものですからね、本当に」

「いえ、どうぞ、お構いなく」

佐知子は、ソファに腰をおろして、「私が勝手にお邪魔したのですから」

「どうぞごゆっくりなさって下さいな」

と、尚子は愛想良く言った。「田所さん――とおっしゃいましたかしら」

「田所佐知子です」

「娘をよろしく。――みゆき」

「はい」

「私、少し出かけて来るから。失礼のないようにね」

「分かったわ」

「じゃあ、ちょっと失礼します」

と、佐知子の方へ会釈してから、「ちょっといらっしゃい」

と、みゆきに小さく声をかける。

母について廊下に行くと、

「どちらの学校の方？」

「ええと……どこだったかしら。忘れたわ。新聞部のインタビューで、うちの学校へ来たのよ」

「そう。――とても上品なお嬢さんじゃないの。きっとおうちがいいのね」

「知らないわ、そんなことまで」

と、肩をすくめる。

「また、いらしていただきなさい」

母は上機嫌だった。「――二、三時間で帰るわ。夕食の用意は帰ってからでいいでしょ？」

「うん」

「じゃ、リビングへ戻っていなさい」

みゆきは、母がいやに気ぜわしく出かけて行くのを、ぼんやりと見送っていた。

居間へ入って行くと、佐知子が顔を上げた。

「――お母様は？」

「今、出かけたわ」

「そう」

佐知子はメガネを外した。

「何しに来たの？」

「そんな怖い目で見ることないわ」

佐知子は、足を組んで寛《くつろ》いだ。「あなたのお母さん、名門のお嬢様がお好きでいらっしゃるのね」

「もともとよ」

みゆきは、ソファに座って、母がいれておいてくれた紅茶を飲んだ。

全く、いい気なものだ。母親のことである。

この「お嬢さま」が、娘に母親殺しをけしかけているとは、思ってもいない。

「あれじゃ、あなたも大変だ」

と、佐知子は言った。「彼氏が暴走族じゃ、ヒステリーを起こすわね、お母さん」

「もう済んだことよ。――それより、どういうつもり、こんな所へやって来て？」

佐知子は、ゆっくりと自分の紅茶を飲み干した。

「――色々考えたの」

と、カップを戻し、「あなたは母親を憎んでる。でも、殺してやりたいほど憎いっていうのと、本当に殺そうというのとじゃ、大分違うわ」

「そんな話、聞きたくない」

と、みゆきは言って、少しさめかけた紅茶を、一気に飲み干した。「私は、人を殺す気なんてないの」

「そう思ってね」

と、佐知子は肯《うなず》いた。「やっぱり、あなたを殺すしかないって思ったの」

みゆきは、体を固くして佐知子を見つめた。

「今から警戒しても手遅れよ」

と、佐知子は言った。

「母が、あなたのことを見てるのよ」

「そうね。でも、どうせあなたには関係ないわ」

佐知子は左手を差し出して、テーブルの上でクルリと返して見せた。――ポトンと落ちたのは、空になった小さなカプセルだった。

「紅茶、少し苦くなかった？」

と、佐知子は言った。

みゆきは、青ざめた。手で口を押さえる。

「――もう遅いかもね」

佐知子は微笑んだ。「助かる方法はただ一つ。――思い切り水を飲むこと。毒が薄まって、意識を失ったぐらいですむかもよ。ただし、急がないと……」

みゆきは、胸をしめつけられるようで、激しく呼吸をしながら立ち上がった。

「死ぬつもり？　それとも、やってみる？」

佐知子は愉《たの》しげに眺めている。

みゆきは、居間を飛び出して、台所へと駆け込んだ。蛇口を一杯にひねって、コップをつかむ。一杯、一気に飲み干した。もう一杯。もう一杯。

気管に水が入って、ひどくむせた。こぼれた水が、顎《あご》から胸へと流れ続けた。

甲高い笑い声がした。——振り向くと、台所の入口で、佐知子が笑い転げている。

「本気にして！　嘘よ！　でたらめよ！——ああ、おかしい！」

みゆきの手からコップが落ちた。

体が震える。——次の瞬間、みゆきは佐知子に向って、飛びかかっていた。

「アッ！」

みゆきは、左の胸に鋭い痛みを感じて、うずくまった。

「——前を見て歩きなさいよ」

佐知子の手に、ナイフが握られていた。「大丈夫。ちょっと刺しただけよ」

佐知子は、みゆきの腕をつかんで、引張って立たせた。みゆきのセーターの、胸の辺りに、赤くしみが広がっていた。

「痛い？」

と、佐知子は言った。「もう少し勢いよくぶつかってたら、心臓を一突きよ。命は大事にしなきゃ」

みゆきは、佐知子に押されるまま、ダイニングの椅子に座った。佐知子は、救急箱を棚の上に見付けて持って来た。

「さあ、脱いで。どうせ水で濡《ぬ》れたし、着がえるんでしょ」

みゆきは、黙ってセーターを脱いだ。

佐知子は、ナイフをテーブルに刺しておくと、みゆきの上半身を裸にした。みゆきは身震いして、両腕を前で組んだ。

「傷の手当てができないわよ、それじゃ。——女同士じゃない。恥ずかしいってこともないでしょ」

佐知子は、みゆきの左の乳房の傷を消毒して、ガーゼをテープでとめた。みゆきは、逆らう気力もなく、されるに任せている。

「——可愛いけど、まだ子供の体ね」

と、佐知子は言った。「その暴走族の彼とは寝なかったの？」

「キスもしてないわ」

「へえ！——あなた、博物館に入れば？」

と、佐知子は笑った。「これでよし、と。——さあ、服を着てらっしゃい。出かけましょうよ」

みゆきは、佐知子を見た。

「どこへ？」

「散歩よ」

「人のいない所へ連れていって、殺すの？」

「馬鹿ね」

佐知子は、突然みゆきの方へかがむと、みゆきの額にキスした。「殺しやしないわ。あなたのこと、好きよ」

みゆきは、ただ戸惑って、佐知子を見上げていた……。

「今日、刑事さんに会ったわ」

表を歩きながら、みゆきは言った。

「刑事？」

「ええ。あの人が殺された事件を調べてる人よ」

「鳴海の事件？」

「そう。——あなたのこと、話しちゃおうかと思った」

「——どうして？」

「だって……それが市民の義務でしょ」

「そうじゃなくて、どうして話さなかったの、って訊《き》いたのよ」

みゆきは佐知子を見た。

「話さなかった、ってどうして分かるの？」

「話したのなら、いちいち、そんなこと、私に言わないでしょ」

みゆきは、あ、そうか、と思った。

そして——笑い出した。

自分でも不思議だった。なぜ笑えるんだろう。殺人犯と一緒に歩いているのに。

しかし、笑いたかったのだ。何だか急に、すべてがどうでもいいように思えて来たのである。

佐知子は、興味ありげに、みゆきを見ていた。

「――面白い人ね、あなたも」

と、佐知子は言った。「私たち、似てるわ。そう思わない？」

「ええ。そうかもしれない」

みゆきは本心から、そう言った。

穏やかな午後だった。二人は、まるで姉妹のように、肩を並べてゆっくりと歩いていた……。

「その刑事とは、どこで会ったの？」

と、佐知子は訊いた。

「新宿の歩行者天国よ。どうして？」

「どっちが先に気が付いたの？」

「刑事さんの方。声をかけて来たの。――何か？」

「偶然だったのかしら」

「そりゃそうよ。だって――そう言ってたもの」

「そう言ったからって本当とは限らないわ」

「じゃ、何だっていうの？」

佐知子は、両手を後ろに組んで、まるで哲学者のように歩いている。

「考えたこと、ある？　自分が疑われてるのかもしれないって」

佐知子の言葉は、みゆきにとって、衝撃だった。いや、とても本気には取れなかった。

「私？――私が？」

みゆきは、思わず笑い出した。「やめてよ！　まさか私が……」

「どうして？」

佐知子は、訊き返した。「そりゃ、よく知ってる人が見れば、私とあなたはまるで別人だけど、でも、たまにチラッと見るぐらいの人には、ただ若い女の子、としか映らないわよ。――似たようなもんだわ、あなたも私もね」

「あなたの言いたいのは――」

「当然、警察は、鳴海のアパートを調べてるはずでしょ。近所の人の聞き込みもしてるでしょう」

「私、あの人のアパートなんて、知らないわよ」

「私は知ってるもの」

と、佐知子は言った。「何度も行ったし。アパートの人とも何度か顔を合わせたわ」

「なら、向うが憶《おぼ》えてるでしょう」

「いいえ、そうは思わない。アパートの廊下なんて、薄暗いもの。ただ、いやに若い女の子だな、ぐらいの印象しかないはずだわ」

「だけど――若い女の子なんて、いくらでもいるじゃないの」

「想像力を働かせなさいよ」

佐知子は、みゆきの肩に手をかけた。「刑事にしてみれば、鳴海の死んだ現場にいたのは、あなた一人なのよ。つまり、他には若い女の子なんて知らないの。そして、アパートに時々若い、高校生ぐらいの女の子が来ていたと聞いたら、あなたのことを連想して当然じゃないの」

「だって……。私が通報したのよ。殺しておいて、逃げもしないで――」

「それは理屈。現実の犯人は、そう理屈通りに行動しないわ。――つまり、あなたが犯人かどうかはともかく、あなたが鳴海のアパートに出入りしていた女の子かもしれないと考えるのが当り前よ」

「そうかしら」

「そのことを訊きもしないっていうのが、おかしいわ。――もし、あなたを犯人じゃないと思っているのなら、あなたと鳴海の関係を、もっとあなたに直接訊くはずだわ」

「何も訊かれないわ」

「それは、あなたのことを疑ってるからだわ」

思いもかけないことだ。――みゆきは半信半疑だった。

確かに、佐知子の言うことも分かるが、しかし、それならなぜ麻井がわざわざ声をかけて来たりしたのだろう。

私はただ、見も知らない男の死に際を、みとってやっただけなのだ……。

しかし、そのこと自体が奇妙に思えるかもしれないという点は、みゆきも考えたことがあった。

刺された男のそばに、じっと座っている。――普通なら、考えられないことだろう。みゆきも、あの場、あのときでなければ、とてもそんなことをするとは考えられなかった。

「心配することないわ」

と、佐知子は言った。「何もしていないんだから。証拠がなきゃ、逮捕したくてもできないわよ」

「元気づけてるつもり？」

と、みゆきは苦笑した。「どこに行くの？」

「もう少し」

と、佐知子は言った。「――この辺、来たことある？」

「駅のこっち側は、あんまり……」

駅前の、にぎやかな商店街。そのアーケードは、みゆきも小さいころから、よく通っている。しかし、それを抜けてガードをくぐり、駅の反対側へ出ると、少しさびれた感じになるのだ。

いや、夜になれば、却《かえ》ってこっちのほうがにぎやかなのかもしれない。バーやスナックが雑然と軒を並べているからだ。

みゆきがあまり歩きたくなるような道ではない。

「――こんなもの、いつ出来たのかしら」

みゆきは足を止めて、真新しいホテルを見上げた。「ここ……確か、古いお店があったんじゃなかったかしら。雑貨屋さんか何かが」

「今はホテル。結構繁盛してるようじゃないの」

確かにそうだ。――こんな中途半端な時間なのに、〈満室〉というランプが赤く灯《とも》っている。

「こんな所に、よく入るわね」

と、みゆきは言った。

「そういうことは、あまり言わない方がいいわよ。あなただって、恋人ができたら、入る気になるかもしれないわ」

と、佐知子は笑顔で言った。

「このホテルを見に来たの？」

「そう。正確に言うと、ここのお客をね」

「お客？」

「知っている人が、今、ここに入っているはずよ」

「ここに？」

みゆきは、改めて、派手な装飾のホテルの外観を見上げた。「――誰のこと?」

佐知子は、楽しそうな目でみゆきを見て、言った。

「あなたのお母さん」

みゆきが、玄関へ入って行くと、

「あら、帰ったの?」

と、母の尚子が出て来た。「いないから、どこへ行ったのかと思って……」

「あの子を送って来たの」

みゆきは、そう言って上がると、「お母さんによろしくって」

「そう。とても頭も良さそうじゃないの」

「そうね」

と、みゆきは、母から目をそらして言った。「お母さん――」

「なあに?」

みゆきは、少し間を置いて、

「何でもない」

と言うと、階段を二階へと駆け上がった。

母の声が、

「もうすぐご飯よ」

と、追いかけて来る。

「無理しなくてもいいわよ。疲れてるんじゃないの？　あんな若い男と張り切って来た後じゃ。」

みゆきは、机の前に座って、ぼんやりしていた。――父は、仕事で日曜出勤。哀れなものだ。養子の身で、妻には口答え一つできず、くたくたになるまで働かされて……。あげくに、妻には浮気される。

もし、父が妻の浮気を知って問い詰めたとしても、尚子はきっと、

「あなたが私のことを放っておくからよ」

と、言い返すに違いない。

みゆきにも、父と母の会話が、手に取るように想像できた。――夢も暖かさも、かけらほどもない想像ではあったが。

外は、ほとんど暗くなりかけていた。

カーテンを閉めよう、と立ち上がって、窓から表を見下ろしたみゆきは、こっちを見上げている顔に、アッと声を上げそうになった。

「牧野君……」

道に立って、向うもみゆきに気付いたらしい。ちょっと手を上げて見せる。

みゆきは、手で待っていて、と合図すると、カーテンを引いた。財布をつかんで部屋を出る。

階段を下りると、

「お母さん」

と、台所の方へ声をかける。

「どうしたの？」

「ちょっとノートがなくなっちゃった。買って来るわ」

「もうすぐご飯だから」

「うん。すぐ戻る」

みゆきは、サンダルを引っかけて、玄関を出た。

——このときまで、母はどう思っていたか知らないが、みゆきにとって牧野純弥は、ただ男の子の友だちの一人、というだけの存在だったのだ。

しかし——道を歩いて行ったみゆきが、薄暮の中に、ヒョロリとした牧野純弥のシルエットを見付けたとき、胸に激しく熱いものがふき上げて来た。

このとき、初めて——皮肉なことだったが——みゆきは牧野純弥に恋をしたのである
……。

7　迷い

三矢絹子の視線は、どことなく皮肉っぽく、人をからかっているようなところがあった。

いつもそうなのだが、この日は特にそうだったのだ。

「──やあ」

アパートへ入って、廊下で絹子に出くわした鳴海は、そう言って微笑んだ。

「あら、もうお帰り？」

「仕事がなくてね。半分自由業みたいなものだから」

と、鳴海は言った。「ご主人は出張ですか？」

「今日は家にいるわ。──ね、お客さんよ」

「客？　僕に？」

「そう。私の部屋で待ってるわ」

見当がつかなかったわけではない。

「──こんにちは」

佐知子が、彼の声を聞きつけたのか、廊下に出て来た。

「やあ」

鳴海は微笑んだ。「来るのなら、電話してくれればいいのに」

「急に気が向いて」

佐知子は、いたずらっぽく言って、「——ご迷惑かけてすみません」

と、絹子の方へ頭を下げる。

「いいえ、いいのよ」

絹子は至って愛想がいい。——果して内心どう思っているのやら、鳴海にも見当がつかなかった。

「——入れよ」

鳴海はドアを開けて、促した。

「失礼します」

神妙に中へ入って、好奇の目で眺め回すと、「へえ。男一人にしちゃ、割と片付いてるのね」

「割と、はないだろ。こう見えても、きれい好きだ」

鳴海はドアを閉めた。「学校をさぼって来たのか。——よくないな」

「人を殺すのと、どっちが？」

佐知子が言い返す。「いいのよ。誰だってさぼってんだもの」

「そんなもんか」

鳴海は、台所へ行った。「何か飲むか？」

「あ、いいわ。やるから！」

佐知子は学生鞄《かばん》を置くと、急いでやって来た。「コーヒー、淹《い》れてあげに来たんだから」

「何だ、そんなこと忘れてたよ」

「座ってて。私、ちゃんとコーヒーの豆も買って来たの」

と、小さな紙袋を持ち上げて見せた。

「じゃ、頼もうか」

鳴海は、畳に寝そべった。「――どれくらい待った？」

「三十分くらいかな」

佐知子は、ヤカンをガスの火にかけると、「あの奥さん、面白い人ね」

「そうだろう？　色々訊《き》かれなかったか？」

「別に。――ただ、珍しそうにジロジロ見てたけど」

「暇を持て余してるのさ」

「――色っぽい人ね」

佐知子の言葉に、鳴海は笑った。

「分かったようなことを言うじゃないか」

「笑うことないでしょ」

と、佐知子は鳴海をにらんだ。「あなた、あの奥さんと寝たことあるんでしょ」

「――どうしてそう思う？」

「私が、『親戚《しんせき》の娘です』って言ったときの、あの人の目つき。分かるわよ、一度でも男の人と寝ると」

「なるほど。――あの女は博愛主義者なんだよ」

鳴海が絹子のことを話してやると、佐知子は面白がった。そういう「きわどい」話が、佐知子などには新鮮なのかもしれない。

コーヒーができ、二人で飲んだ。――なるほど、なかなか旨《うま》い。

「つまんないの」

と、佐知子は、部屋の中を見回した。

「何が？」

「もっと汚なくて、変な匂いがして、埃《ほこり》がつもっているのかと思ってた。掃除して、見ちがえるようにしてやろうと思って、張り切って来たのに」

「変なことで張り切るんだな」

「私、お掃除って好きなんだもの。お料理はだめだけど」

「コーヒーだけか」

「それと、カップラーメンの名手」

佐知子はそう言って笑った。「――ね、どうだった？　彼女、現われた？」

コーヒーとラーメンの話から、急に殺人の話になって、少しも違和感がない。そういう世代なのだろうか。

「うん。君のお父さんも一緒だった」

「父と？　なんだ、男とでも待ち合わせてるんだと思った」

鳴海は迷っていた。

実際に見たあの予史子という女、この佐知子の話と、あまりに違うイメージなのである。

もちろん、佐知子にとっては継母であり、初めから色メガネで見ているところはあるだろうが、それにしても少し違いすぎるような気がした。

「お父さんも忙しそうな人だね」

と、鳴海が言った。「今夜から、また出張だとか言ってるのが聞こえたよ」

「出張？　本当？――いやだ、またあの女と二人」

佐知子は、顔をしかめた。「ねえ、どうかしら？」

「何が？」

「うまくやれそう？　私、どんなことでもするわ」

「やってできないことはないさ」

と、鳴海は言った。「ただ、容易なことじゃない。それを覚悟しておかなきゃな」

「分かってるわ」

「――少し時間をくれ。あの女に当ってみる。習慣や、好みや、細かいことを知っておく必要がある」

「調べるのなら、私がやるわ」

「うん。――俺も仕事があるからな。タバコを喫うか？」

「あの女《ひと》？　たまにね。父がいるときは、あんまりやらないみたい」

「酒は？」

「ワインぐらいね」

「車の運転は？」

「できないみたい」

「すると車の事故ってわけにもいかないな。――外出は多いのか？」

「たぶん。父がよく出張してるから、自由な時間がいくらでもあるわ」

「なるほど」

鳴海にとって、必ずしも、殺す相手のくせや好みなどを知る必要はない。色々調べ回れば、当然それが相手に知られて、怪しまれる可能性もあるからだ。

大体、仕事の依頼は、「至急」のことが多くて、たっぷり下調べの時間があるなんてことは、まず考えられない。

それでも、何とかやってしまわなくては、仕事にならないのだ。

危険はあっても一番手っ取り早いのは、相手の後を尾《つ》けて行って、走って来るトラックや電車の前に突き飛ばすことだ。これなら、相手の習慣も好みも関係ない。

しかし、その手でやるには、大胆さと、チャンスを見極める勘が必要だ。

とても、佐知子のような女の子にはできっこない。

「仕事、忙しいの？」

と、佐知子が言った。「何だか、悪いみたい。無理言って」

「そんなことはないさ。――ただ、すぐにはできないかもしれないな」

「いいの。待つわ、私」

コーヒーを飲み終えると、佐知子は、あぐらをかいた鳴海の前に、ゆっくりと身を横たえて、頭をその膝《ひざ》の上にのせた。

「――君が学校をさぼってると心配してたぞ、例の女が」

「私のことなんて、気にしちゃいないのよ。ただ、父に、私のことで色々気をつかってるのを、見せておきたいだけ」

「なるほど」

「ね？　大人しくて、哀れな女に見えるでしょ？　それが曲者《くせもの》なのよ」

そうかもしれない。――しかし、あれが演技なら、大した役者だと言わざるを得ない。

「ねえ」

と、佐知子が言った。「この間は訊かなかったけど、決まった女の人って、いるの？」

「別にいないよ。その気もないし」

「結婚したこと、ないの？」

「こういう仕事じゃね」

「そうか……」

佐知子は、フフ、と笑った。

「何がおかしいんだ？」

「あなたが、赤ん坊のお守りしてるとこ、想像したの」

「恐ろしいこと、考えるなよ」

と、鳴海は苦笑した。

「また……抱いてくれる？」

佐知子は、囁《ささや》くような声で言った。

「その内ね」

「今は？」

「ここじゃ、危い」

「そう？」

「廊下にもよく声が聞こえる。こんなことで捕まりたくないからね」

と、鳴海は言って、佐知子のすべすべした頰に指を触れた。

佐知子が目を閉じる。――奇妙な感じだった。

およそ女とはまだ言えないこの少女に、鳴海は、強く魅《ひ》きつけられるものを感じていたのだ。ただの欲望とは違う何かのようだった……。
結局——「危い」ことは承知で、鳴海は佐知子を抱くことになったのだ。

「いい仕事をしてくれたと、客は喜んでたぞ」

ボスの声は、上機嫌だった。

「そうですか」

鳴海は電話をしながら、気もそぞろというところだった。

「その調子で頼む。今、一つ仕事が来てるんだが、大して難しい仕事じゃないから、お前がやることもあるまい」

「どちらでも……」

と、鳴海はガラス越しに、一人で昼食を取っている予史子を見ながら言った。

「若い奴にやらせてみる。その上で、意外にやりにくそうなら、また連絡する」

と、ボスは言った。

「分かりました」

「今、アパートか？」

「いいえ、外です。用事があって」

「そうか。じゃ、明日《あした》にでも、また電話をくれ」

「はい。分かりました」

鳴海は、電話を切ろうとした。

「あ、ちょっと待て」

と、ボスが何かを思い出したらしい。

「何です？」

「会計の奴が、この間の計算で、千円、多くついてたそうだぞ。最後の足し算で間違っているらしい」

「そりゃすみません」

「それだけだ。その千円は俺が出しておく」

「はあ」

馬鹿らしくて、礼を言う気にもなれなかった。――千円だって？　冗談じゃないぜ、こっちは命がけで人を殺してるっていうのに……。

電話を切ると、鳴海は席へ戻った。

田所予史子は、一人でランチを食べていた。さすがに、一人では所在ないらしく、週刊誌を開いて眺めながら、である。

鳴海は、コーヒーだけだった。いつ店を出て、尾行しなくてはならないかもしれない。満腹になっていると、眠くなることがあるのだ。歩いて尾行するのなら、まさか眠っちまうことはないが、電車に乗ったりタクシーに乗ったりしたときは、ついウトウトしてしまうこともある。

刑事ではないが、鳴海も尾行にはかなりの経験を積んでいた。

十分ほどして、田所予史子は、食事を終えると立ち上がった。レジでの支払いをすまし、店を出るのを見て、鳴海も立ち上がる。代金は、つりのないようにピッタリと用意してある。

いつか、ホテルのコーヒーハウスで、同じように相手について出ようとしたら、

「サービス料一割」

と言われ、細かいのがちょうどなくなって、焦ったことがある。

ここは大丈夫。——店を出ると、田所予史子の後ろ姿が、人の間に見え隠れしている。

鳴海は、一定の間隔を保って、歩き出した。

平日の午後だが、都心はいつも同じように人出が多い。目立たないので、尾行には好都合である。

あれ？——鳴海は、面食らった。

百メートルと行かない内に、また予史子が喫茶店に入って行ったからである。誰かと待ち合わせでもあるのだろうか？

ともかく、こうなれば鳴海も入るしかない。できるだけ目立たないように、隅の席について、またコーヒー。今度は前の店より、少しはましな味であってほしい。

確かに、コーヒーの淹《い》れ方に関しては、佐知子の腕はなかなかのものだ。——しかし

不思議な娘である。

今日はちゃんと学校へ行っているのだろうか？――あれで優等生だというのだから、生来、頭のよく切れる子なのだろう。

それだけに、決めたことはやり抜く意志の強さを持っている。たとえ「殺人」でも、だ……。

そっと目をやると、予史子は手帳を開いて、何やら書き込んでいる。それにしても、なぜこんなに近くの店にまた入ったのだろうか？　別に待ち合わせでもないようだが。入口の方へ目をやらないのである。待ち合わせなら、誰か出入りする度に目が向くのが普通だ。

誰かが、鳴海のそばに立った。――見上げると、懐かしい、しかしちょっと苦手な顔があった。

「麻井さん！」

「久しぶりだな」

麻井は、向いの席にドカッと座った。「誰かと待ち合わせか？」

「いえ……。ちょっと時間潰《つぶ》しにね」

麻井は、人の好《よ》さそうな笑顔である。昔からだ。

「元気か」

と、麻井が言った。

「何とかね。太ったんじゃないの、麻井さんは」

「年齢《とし》だ。仕方ないさ」

と、自分の腹をポンと叩《たた》いた。「貧乏は相変らずなのに、太るんだ。こいつは妙な話だよ」

と笑う。

「――俺に用で？」

「いや、見かけたからだ」

「本当かな」

「それとも、思い当ることでもやっているのか？」

「今は真面目だよ」

「そりゃ結構だ」

麻井は、ウエイトレスに、「おい、ミルクをくれ」

と、声をかけた。「甘いのを入れてな」

「はい」

ウエイトレスが不思議そうな顔で麻井を眺めて行った。

麻井とは、少年時代からのなじみだ。妙に親切にしてくれて、気軽に話せる仲だった。

しかし一方では、見かけによらない、優秀な刑事なのである。

充分に用心してかかる必要のある相手だった。

偶然会ったような顔はしているが、どこまで信用できるか……。もちろん向うも、鳴海が警戒していることは百も承知だ。

だが、二人の話は、ほとんど進まなかった。すぐに麻井のポケットで、ベルが鳴り出したのである。

「やれやれ。——かなわんな」

麻井は、電話をかけに立って行った。鳴海は、チラッと目を予史子の方へ向けた。相変らず手帳を眺めている。

麻井はすぐに戻って来た。

「行かなきゃならん」

と、運ばれて来たミルクを一気に飲み干すと、「ゆっくり話がしたかったんだがな。——また会おう」

「お達者で」

と、鳴海は言った。

麻井が出て行って、ホッと鳴海は息をついた。——居座られたら、田所予史子を逃してしまうところだ。

麻井は、本当に、たまたまここにいただけなのだろうか？

いや、もし何かで鳴海を疑っているのなら、わざわざ声をかけて来たりしないだろう、普通の刑事なら。

しかし、麻井は普通とは違うのである。もしかすると……。

田所予史子が席を立った。鳴海は、急いでポケットから小銭を出した。

「あ――畜生」

麻井の奴！　ミルク代を払って行かなかったぞ。

仕方ない。ミルク代を足して、鳴海はレジへと急いだ。


どうなってるんだ？

鳴海は、わけが分からなかった。喫茶店を出た田所予史子は、また二、三十メートル行ってわき道へ入ると、そこの喫茶店に入って行ったのである。

喫茶店のはしごが趣味なのか？

表から覗《のぞ》くと、予史子が奥の席に、向うを向いて座っているのが目に入った。

今度は何を飲もうか？――ため息をつきながら、鳴海はその店に入った。

「お一人ですか？」

と、ウエイトレスが訊《き》く。

「うん……」

割合に混んでいて、空席が見当らない。すると、

「いいの。私と一緒です」

と、声がした。

田所予史子である。――鳴海は、啞然《あぜん》とした。

しかしウェイトレスは、すぐ引っ込んでしまったし、他に仕方がない。鳴海は、予史子の向いの席に座った。

「あの……」

と、鳴海が言いかけると、

「分かってます。私を尾行なさってるのね」

と、予史子が言った。

「はあ……」

「わざと三軒、喫茶店に続けて入ったんです。偶然で、こんな風に三回もお見かけするわけはありませんもの」

参った！――鳴海としては立場がない。

まんまと見破られてしまったのだ。

「すみません」

素直に謝ってしまうことにした。頭の中では、どういう話にしようかと考えている。

「お仕事でしょう」

と、予史子が言った。

「まあ、そうです」

「主人はいくら払ったんです？」

と、予史子は言った。

鳴海は、無表情にその言葉を受け止めた。

予史子は、夫が鳴海を雇ったと思っているようだ。それに乗るのもいい、と思った。

「それはちょっと――」

と、ためらってみせる。

「いいわ。私にはどうでもいいことですからね」

予史子は、深々とため息をついた。「でも、お気の毒ですけど、尾行してもむだですよ。私は浮気なんかしていません」

なるほど。――夫の出張中、妻が浮気していないか、見張らせているというわけか。

あの田所という男、若い妻をもらって、気が気でないのだろうか。

「信じられていないって、やり切れないものね」

と、予史子は、独り言のように言った。「そんなに心配なら、もっと私のことを気にかけてくれればいいんだわ。ろくに構ってもくれないで!」

鳴海は、黙って話を聞いていた。――こっちが考えなくても、相手が事情を説明してくれている。

「夫は私のことが気になってるんじゃありません。ただ、自分のものを、他人に盗《と》られるのが心配なだけなんです。それだけなんです!」

「奥さん」

と、鳴海は言った。「声を低くした方が……」

予史子はハッとした様子で、

「ええ……。すみません、ついカッとして」

と、頭を振った。

ウエイトレスがやって来て、予史子の前にオレンジジュースを置いた。

「――ご注文は？」

と、鳴海を見る。

「ああ――それじゃ、コーヒー」

飲まなくてもいいのだが、と思って注文したが、

「体に悪いわ」

と、予史子が言い出した。「ここはアップルティーがおいしいんですよ」

「はあ。じゃ、それを」

素直にそう言って、「――わざわざすみません」

妙なことになってしまった。

「いつも、こんなお仕事を？」

と、予史子が訊く。

口調は穏やかになっていた。

「ええ。――しかし、見破られちゃ仕方ないな」

と、鳴海は頭をかいた。「まだ新米なもので」

「そうですか」

予史子は、ふと微笑んだ。「結婚なさってるの？」

「僕ですか？　いえ、独身です。仕事とは関係ありませんけどね」

「そう。でも、いつもこんなことしてると、結婚したくなくなるんじゃありません？」

「それはどうかな」

と、鳴海は肩をすくめた。「いざ、そうなったら、自分だけは別だと思うんじゃないですかね」

「そうね。――そんなものね。人間なんて、みんな」

予史子は、バッグを開けると、タバコを取り出した。――あまり喫わない、ということだったが。

「私も、そうでした」

煙を吐き出して、予史子は言った。「一回り以上も年上の人との結婚。子供は十代の後半。一番難しい年代。――やめた方が、ってみんなに言われましたわ」

「それを押し切って――」

「私は大丈夫、と思ったんです。夫も子供も、私の思っている通りになじんで、一家で仲良くしていける、って……。でも、錯覚でした」

予史子は、鳴海をじっと見て、「この間、夫と二人でいたとき、隣の席にいらしたでしょう」

と言った。

これには鳴海もびっくりした。

「よく憶《おぼ》えてますね」

「あなた、昔私の知っていた人と、よく似ているんです。だから、この間のときも、ふっとお顔を見ていて」

「それで今日も……。なるほど」

予史子は、ちょっと顔を赤らめて、

「それじゃ、この間の主人との話も、お聞きになっていたのね」

「聞こえました」

「ああいう人なんです。——いつでも、自分がしたいように相手も合わせるべきだと信じている……。エゴイストなんです」

鳴海は黙っていた。——予史子は、ちょっと肩をすくめて、

「こんなグチを、他人のあなたへ聞かせても仕方ありませんけど。——そういうエゴイストを選んだのは、自分ですから。よく分かってはいるんですが……」

「いけないな」

と、鳴海は首を振った。

「え？」

「そうやって、すぐに、向うも悪いがこっちも悪い、と思ってちゃ、いつまでたっても同じことですよ。向うが悪いと思ったら、勝手に腹を立てりゃいい。ぶつけてやればいいんです。——あなたは向うが言い返す分まで、自分で考えてしまってるんだ。一人で夫婦喧嘩《げんか》してるようなもんですよ。それじゃ、あちらにゃ通じません」

予史子は、ムッとしたように、

「そんな——そんなこと、あなたなんかに言われる憶えはないわ！」

と言い返したが、すぐに笑い出してしまった。「——ごめんなさい。でも、本当にそうなのね。私が一人でくよくよしていて、夫にはさっぱりそれが伝わらない……」

「ま、そんなところでしょう」

アップルティーが来た。いい匂いだ。

そのまま一口飲んで、鳴海は肯《うなず》いた。

「なるほど、おいしいや。——今度、誰かを尾行していて、ここへ入ったら、アップルティーを注文しましょう」

「そうですね」

笑顔で予史子は言った。「何だか妙な話ね。こんな話をしてるなんて」

「全くですね」

しかし、本当のところ、どんなに妙な話なのか、予史子には分かっていない。

殺す者と殺される者が話をしているということは……。

「——これから、どうするんです？」

と、予史子は訊《き》いた。「まだ尾行なさるの？」

「仕事ですから。——ま、見付かっちまっちゃ、失敗ということですが」

「でも、それじゃお気の毒だわ。別に、ついてらしても構いませんけど。私、買物をして帰りますから」

「じゃ、勝手について歩きます」

と、鳴海は言った。

ついて歩くだけでは終わらなかった。

「ごめんなさい、重いでしょう」

と、予史子は申し訳なさそうに言った。

「いや、大丈夫ですよ」

鳴海は、両手一杯に、荷物をかかえていた。

結局、買物のお供をさせられてしまったのである。

「やあ、雨ですね」

——デパートの中にいて分からなかったのだが、外へ出ると、夕暮れの空から大粒の雨が道を叩《たた》くように落ちて来ていた。

「まあ、どうしましょ」

と、予史子が目を丸くした。

突然の雨で、タクシー乗場は凄《すご》い行列だったのだ。しかも、空車は少ない。

「これじゃ、いつ乗れるか分からないわ」

「そうですね。しかし、並ぶしかないんじゃないですか」

予史子は、少し迷っていたが、

「すみません。ちょっと待っていて下さい」

と、公衆電話の方へと駆けて行った。

やれやれ……。

鳴海は、首を振った。殺し屋稼業も長いが、買物の荷物持ちをさせられたのは初めてだ。

予史子の買物の様子は、しかし、至って堅実な主婦のものだった。身につけているものにしても、そう高価なものとは思えない。

どうも、佐知子の話とは大分違うのだ。

しかし、佐知子が、なぜ予史子のことで、鳴海に嘘をつく必要があるのだろう？

鳴海にはよく分からなかった。それだけに、仕事を離れても、予史子には興味があったのである。

「――お待たせして」

と、予史子が戻って来た。「今、うちへ電話して、家政婦さんに夕食の仕度を頼みました」

「というと？」

「どこかで食事して帰りましょう。これじゃ、一時間は並ばないと」

「しかし……」

「荷物を運んでいただいてるんですもの。お食事ぐらい、さし上げたいわ」

「妙な話ですなあ、そりゃ」

「どうせここまで妙なら」

と、予史子は言って笑った。「――近くに静かなレストランがあるんです。そう高い所じゃありませんけど」

「いいんですか？」

「ええ。ほとんど濡《ぬ》れずに、地下から行けますわ」

予史子について、鳴海は荷物をかかえて歩いて行った。

雨は一向にやむ気配がない。

――レストランは、ビルの地下にあって、確かに静かで、ちょっと若者向きの感じだった。

「――大学生のころ、よく来たんです」

と、熱いおしぼりで手を拭《ふ》きながら、予史子は中を見回した。「懐かしいわ。ほとんど変ってない」

古くて、すり切れたようなメニューを見ると、予史子は嬉《うれ》しそうな声を上げた。

「まだ、このメニューなんだわ。私が来てたころでも、もういい加減すり切れかけていたのに」

予史子は、何だか急に若返ったように見えた。「そうだわ。いつもこのスープだったの。味は変ってないかしら」

予史子は、ふと鳴海のことを思い出したように見て、

「ごめんなさい。一人ではしゃいでいて」「――何になさる？」

鳴海は、メニューを置いて言った。

「あなたと同じものでいいですよ」

「じゃ、任せて。――同じ味だとしたら、とてもこの値段とは思えませんから」

オーダーしながら、予史子の目は輝いていた。

ついさっきまでの、疲れたような、投げやりな人妻の顔は、どこかに消えてなくなっていた。

「ワイン、お飲みになる？」

と、予史子は訊いた。

「いただきましょう」

グラスに入ったワインが来ると、二人は何となく乾杯するような格好になった。

「そう。お名前をうかがっていなかったわ」

と、予史子が言った。

「鳴海です」

「鳴海さん……。何に乾杯しましょうか」

「そうですね」

と、鳴海は言った。「失敗した尾行に」

予史子は、楽しげに笑った。

二人のグラスが触れて音を立てる。その軽やかで脆《もろ》い音は、鳴海と予史子の間で、もつれ合うように響いた。

8 証人

重苦しい日曜日だった。

それはつまり、いつもの通りの日曜日だった、ということである。みゆきにとっては。

朝から、目は覚めていた。もちろん、学校へ行く日よりは遅いが、それでも八時ごろには体の方が自然に目覚めてしまうのだ。

どうしてだろう？　心はこんなに疲れ、諦《あきら》めと苛立《いらだ》ちの間で、老け込んでしまっているのに……。なぜ、体だけは若いのだろう。

いっそ、病気ならいい。不治の病で、あと一年の命、とでも聞かされたら、お母さんだって、少しは私の好きなようにさせてくれるかも……。

そんなことを考えてはいけないのだ。本当に病に伏している人が聞けば、腹を立てるだろう。

しかし、みゆきは、ついそう思わずにはいられなかった。――健康そのもので、休日に、外が爽《さわ》やかに晴れ上がっているとなれば、ごく自然に、出歩いてみたくなるのが当然のことだ。それが許されないとなれば、健康そのものが、辛《つら》い拷問になる。

みゆきは、目覚めてからも、二時間近くベッドを出なかった。

父は、今日も出勤らしい。階下では、父が軽く何か食べて出て行く物音が聞こえていた。

行ってらっしゃい。お気の毒に。お母さんは、さぞ喜んでいるでしょう。またあの若い男とホテルへ行ける、って……。

何も知らずに、黙々と会社へ行って働き続ける父は、哀れを通り越して、道化ですらあった。しかし、それを当人に教えてやるのは、もっと残酷かもしれない。

父が出て行く物音がして、少ししてから、母はどこかへ電話をかけた。――二階と共通の線なので、階下でかけると、二階の電話も小さく鳴るのだ。

男にかけているのかもしれない。主人、出かけたのよ。今日、会えない？

みゆきは、声を立てずに笑った。あの若い男——どう見ても二五、六だ——が、内心母のことをどう思っているのか。

よほど何か得になることがあるのだろう。そうでもなければ、母と浮気しようという物好きがいるとは、とても思えない。当人はそう思っていないとしても。

それを考えると、母もまた、こっけいだ。哀れでもあった。もちろん、同情する気など、まるでなかったが。

牧野純弥と秘《ひそ》かに会ったことが知られて、みゆきは外出を禁じられてしまった。学校の行き帰りには、みゆきの一番嫌いな、教師の子飼いの生徒がついて歩いていた。

そして、休日はこうして、家から一歩も出られない。——もちろん、その気になれば、みゆきだって子供じゃないのだ。出て行くのは簡単だ。

ただそうすると、牧野純弥がみゆきをそそのかした、というわけで、純弥は警察に呼び出される。——みゆきとしては、こうしてじっと家にいる他はないのだ。

その内に、純弥のことを忘れるだろうと思っている母の考えが、みゆきには信じられなかった。

母から見れば、みゆきの純弥への気持は、ちょっとした病気のようなもので、しばらくすれば、ケロリと治ってしまうものなのだろう。

みゆきは、自分の中に、母への憎しみが、少しずつ、少しずつ沈澱《ちんでん》しているのを感じていた……。

十時ごろになっていただろうか。――誰かが玄関へやって来た様子だった。

母の足音が二階へ上がって来ると、みゆきの部屋のドアが開いた。

入るわよ、と一言声をかけるでもないのだ。

「まあ、まだ寝てるの？　何時だと思ってるの！」

母の尚子が、さっさと窓のカーテンを開ける。まぶしい光が、部屋に溢《あふ》れた。

「何なの？」

みゆきは、ベッドに起き上がった。

「お客様よ。早く起きなさい」

「お客って……誰？」

みゆきは目をこすった。

「田所さんよ。この前、うちへみえた方」

みゆきは、目が覚めてしまった。――田所佐知子が来た。一体何の用だろう？

「美術展があるから、って、誘いに来て下さったのよ」

と、尚子は言った。「お待たせしちゃ失礼よ。早く顔を洗って」

「はい」

みゆきは興奮を押し隠して、「でも、私出かけちゃいけないんでしょ」

と、諦め切ったような声を出した。

「ああいう方となら、構わないわよ」

みゆきの胸はときめいた。しかし、それを表には出さずに、

「美術展なんて――退屈だわ」

と、肩をすくめる。「でも、出られるだけいいか」

「ちゃんと、お勉強してらっしゃい」

と、尚子はみゆきの部屋を出て行きかけて、「お母さんも少し出かけるから、夕ご飯までに帰ればいいわよ」

と言った。

母が出て行くと、みゆきは、ベッドに顔を伏せて、声を押し殺して笑った。

そう。母だって、内心困っていたに違いないのだ。みゆきに外出を禁じたのはいいけれど、自分も恋人に会いに出かけにくくなったわけだから。

田所佐知子がね。――みゆきは、弾む思いで顔を洗い、着替えをした。

殺人犯に会うというのに、ためらいも恐怖もない。みゆきは田所佐知子に、どこか自分と似たところがある、と感じていたのだ。

「――お待たせして」

と、居間へ入って行くと、田所佐知子が取り澄ました顔でソファに座っている。

「突然でごめんなさい」

と、佐知子は言った。

もちろん、母の前だ。「優等生」「いい家のお嬢さん」の仮面をつけている。いや、

「仮面」ではない。本当に佐知子は頭もいいし、家も豊かなのだ。

ただ、「二つの顔」を隠しているというだけなのである。

「本当にやることがのんびりしていて……。じゃ、みゆき、お母さんの言ったこと、憶《おぼ》えてるわね」

と、尚子が念を押す。

「はい」

みゆきは目を伏せたまま答えた。目が合ったら、ベエと舌でも出してしまいそうだ。

「じゃ、出かけます」

と、佐知子が立ち上がって、「突然お邪魔して――」

「いいえ。またいらして下さいね」

尚子は、もみ手でもしかねない愛想の良さだった。

――表に出て、歩き出すと、みゆきは、

「ありがとう」

と言った。「息が詰りそうだったの」

「知ってるわ。だから連れ出してあげようと思ってね」

佐知子は、ポシェットからガムを出して、みゆきにすすめた。「――禁足を食らっているんでしょ」

「座敷牢《ろう》に入ってるみたいよ」

みゆきは、大きく深呼吸した。「ああ、気持いい！——ねえ、どこに行くの？」

「あら、言ったでしょ。美術展よ」

「本当に？」

「私、こう見えても、音楽や絵は得意なの。嫌い？」

「そんなことないけど……。いいわ。どこでも、出られれば」

と、みゆきは微笑んだ。


美術館に着くころには、昼を過ぎていた。

付属の食堂で、安い代りに旨《うま》くもない昼食を取ってから館内を回った。

みゆきは、田所佐知子が本当に絵画に相当の知識を持っているらしいのを知って、ちょっとびっくりした。みゆきはせいぜい学校の美術で習ったものか、たまに家の美術全集でめくってみる作品ぐらいしか知らないのだが、佐知子は、片隅の方へ押しやられた、あまり有名でない画家のものも熱心に見ていた。

「——デッサンとか、下描きが面白いのよ。本音がね、却《かえ》って出るときがあって」

「本音？」

「そう。好感を持った相手を描くのと、ただお金のために大嫌いな人を描くのじゃ、筆の勢いが違って来るでしょ」

「それはそうでしょうね」

「その辺がね、下描きを見ると、よく出てるのよ。——ほら、見て、この線を」

佐知子が説明してくれると、本当にそんな風に思えて来て、みゆきはいつの間にか、一つ一つの絵に熱心に見入っていた。

妙なものだ。絵など大して好きでもなく、ただ出歩けるというだけで充分だと思っていたのだが。

佐知子には、そういう不思議な魅力があった。みゆきは、佐知子の磁力に取り込まれて行く自分を感じた。

一方で、佐知子の秘密を知っているだけに、それは危険な香りを漂わせて、いっそう麻薬のように、みゆきを捉《とら》えて行った。母への反抗、大人への背伸び……。

「——二時だわ」

と、佐知子が腕時計を見て、言った。「出ましょう」

「もう？　だって、半分も見てないわよ」

「いいから」

と、いたずらっぽく笑って、みゆきの腕を取る。「ほら、早く」

「なあに？——どうして急ぐの？　まだ帰らなくていいのに」

「分かってるわよ。忙しいの、今日は」

わけが分からない内に、美術館を出て、引張られるままに、裏手の公園へ入って行く。

「散歩でもするの？」

と、みゆきが訊《き》くと、佐知子は足を止めて、

「ほら、待ってる人がいるわよ」

と、視線を遠くへ向けた。

みゆきは、その方へ目をやって……信じられない思いで、こっちへやって来る牧野純弥を見ていた。

「後も用事があるの」

と、佐知子は言った。「一時間ね。——一時間したら、ここへ戻って来て。分かった？」

みゆきは、ただ黙って肯《うなず》いた。何も言えない。佐知子は、ポンとみゆきの肩を叩《たた》いて、

「じゃ、頑張って」

と一声、足早に立ち去った。

純弥のヒョロリとした姿が近付いて来て、みゆきは自分の方から、その胸へ飛び込んで行った。

「——ごめんなさい！」

みゆきは息を弾ませて、ベンチに座っている佐知子の前に立った。

佐知子は、ジロッとみゆきをにらんで、

「二十分、遅刻」

と言ってから、フフ、と笑った。「早かったじゃない。一時間は遅れて来ると思ってたわ」

みゆきはホッとして、

「急いだんだけど……」

「ブラウスのボタンが外れてるわよ」

みゆきはあわてて見下ろした。

「引っかかった」

と、佐知子は笑って、「純情ねえ、あなたって」

「いじめないでよ」

顔を赤らめて、みゆきは言った。

「部屋、あったの？」

「——ええ」

「じゃ、無事に済んだわけね」

みゆきは肯いた。——時間がない、と思うと、ためらっている余裕もなかった。

初めての体験はあわただしく終わったが、みゆきは後悔していなかった……。

「——動いても大丈夫？」

と、佐知子が立ち上がって言った。

「うん。どこへ行くの？」

「手伝ってほしいことがあるの」

「何でもやるわ」

と、みゆきは言った。

「何でも？」

「ええ」

「人殺しでも？」

みゆきは、佐知子の視線を受け止めた。——冗談を言っているのではない。本気なのだ。

「いいわ」

と、みゆきは肯いた。「手伝う。誰を殺すの？」

佐知子はニッコリ笑って、みゆきの肩に手を回して、歩き出した。


今日は誰もいない。

つまらないわ……。三矢絹子は、買物から帰って来て、アパートが見えてくると、ついグチをこぼした。

鳴海さんがいてくれたらね、と絹子は思う。あの人とは、何となく気が合った。

それに、細い体なのに、結構あっちの方はタフで、絹子を一番満足させてくれたものだ。

それなのに……。

死んでから、絹子は刑事に、鳴海が「殺し屋」だった、と聞かされた。

「まあ、怖い！　そんな人がそばにいたなんて！」

と、一応は反応して見せたのだが、本当のところ、大してびっくりもしなかったのである。

半分自由業とは言っていたが、あの男にはどこか「まともでない」所があった。しかしそれが、ヤクザなどとは違って、鳴海の場合は逆に魅力になっていたのだ。

正直なところ、刑事の話を聞いて、絹子は、自分が殺し屋に抱かれていたのかと思うと、ゾクゾクするような快感を覚えたものである。

人を刺し殺したり、絞め殺したりした、その手で（どんな殺しをやったのか、絹子は詳しいことは聞いていなかったが）、愛撫《あいぶ》されていたと考えただけで、近所の人にしゃべって回りたくなって来る。

まあ、何とかそれだけは思い止《とど》まったのだけれども……。

でも、あの人が「殺し屋」ねえ。もっと何度も寝とくんだったわ。

アパートの入口で、女の子とすれ違った。——一七、八だろうか。あまり見かけない顔だ。

見かけない？　絹子は、ふと思い出した。一度、鳴海を訪ねて来た「親戚《しんせき》の子」といっていた少女を。

あの子だろうか？　足を止めて振り返ったときには、もう少女の姿は見えなくなっていた。

絹子の部屋は一〇四号室だ。——まだ子供たちは帰って来ていなかった。

部屋へ入り、冷蔵庫へ入れる物をしまい込むと、一息ついた。

お茶でも飲んでから……。朝、二杯ぐらい出しただけのお茶の葉が、急須《きゅうす》に残っている。

ヤカンを、ガスの火にかけた。

夫は——今日も遅いはずだ。

絹子は、今夜は誰かの部屋へ行ってみようと思っていた。

夫が、病気がもとで、あっちの方がだめになってから、もう何年たったろう？　本人も辛《つら》いだろうが、絹子だって、女盛りの身をもて余してしまう。

夫も承知の上で、アパートの中の男たちと遊ぶようになったのも、成り行き、というものだった。絹子自身は、決して夫が嫌いというわけじゃない。いい人だし、ずっと年を取って、もう男も必要としなくなれば、どこか郊外に小さな家でも買って、二人で余生を送ろう、などと考えてもいるのである。

ただ、それにはまだ少し早すぎる……。

お湯が沸くのを待って、ぼんやり座っていると、ついウトウトしかけてしまう。——ドアを叩く音で、ふっと目が覚めた。

「あら、いやだ」

ヤカンがもう蓋《ふた》をコトコトいわせている。

「はい！　ちょっと待って！」

絹子は立ち上がると、ガスの火を消して、玄関のほうへ行った。「どなた？」

セールスマンか何かだったら、追い返してやらなくては。

「警察の者です」

太い男の声がした。――絹子は、ドアを開けた。見たことのある顔だ。

「まあ、この前、鳴海さんの所へみえてた人ね」

と、絹子は言った。

「麻井です。その節はどうも」

と、人の好《よ》さそうなその刑事は会釈して、「突然で申し訳ない」

「いいえ。――何か私に？」

「ちょっとお話をうかがいたくてね」

と、その刑事は言った。「忙しければ、出直しますよ」

「忙しく見えます？」

と、絹子は笑った。「どうぞ。――お茶をいれるところだったから」

絹子は、麻井を座らせて、お湯をポットに入れた。――お茶の葉を入れかえようか？

いいわ。別に、刑事にいいお茶出しても仕方ないし……。

「鳴海さんを殺した犯人って、捕まったんですか？」

と、台所から絹子は訊《き》いた。

「いや、それを調べてましてね」

麻井は答えて、「この前は、鳴海の部屋を調べただけだったんですが、やっと時間ができたので、少しお話をうかがいたくて……」

「あの部屋のことも、訊いてくれって言われてたんだわ、私」

絹子は思い出して、「あの部屋、どうなるんですか？　荷物とか、取りに来る人もいないし」

「もう捜査は済んでるんでね」

と、麻井は言った。「誰か借り手がいたのかな」

「見付けるにも、部屋をきれいにしなくては、ってここの持主が。――連絡してやって下さいな。私がいつも言われちゃうんですから……」

絹子は、麻井と自分にもお茶をいれた。

「や、どうも。――じゃ、私から持主の方へ連絡しておきますよ」

「お願いしますわ」

絹子は座り込んで、「――お話って？」

「ええ……。実は、ちょっと噂を耳にしましてね」

「噂？」

「奥さんと、鳴海のことです」

「あら」

と、絹子は湯呑《ゆの》み茶碗《ぢゃわん》を取り上げて、「じゃ、ご存知なかったの？」

と言った。

「はあ？」

「とっくにお聞きかと……。そうね。このアパートの人、言いにくいでしょうからね」

と、笑って、「鳴海さんだけじゃないんです。ここの独身の男性、みんなです」

麻井は呆気《あっけ》に取られて、お茶を飲むのも忘れている様子だった。

「つまり……みんなと？」

「家族持ちは別よ。――鳴海さんが一番よかったけど。寂しいわ、だから」

絹子は、夫との件について、麻井に説明した。「主人も分かってるんです。だから、別にどうってことは……」

「なるほど」

麻井は、少々呑まれた格好で、「しかし……いくら病気のせいでも、そう割り切れるものですかね」

「さあ」

絹子は肩をすくめて、お茶をガブ飲みした。喉《のど》が渇いているのだ。

「主人も内心は色々あるのかもしれません。でも、私には何も言わないし、それに、だからといって私、ずっと男なしではいられませんよ。男の人だってそうでしょ？」

「そう……。ま、そうでしょうね」

麻井は、咳払《せきばら》いをして、「他に、鳴海には女はいませんでしたか」

「女。——女ねえ」

「よく訪ねて来たとか、電話がかかったとか……」

「電話までは知りませんけどね」

と、絹子は言った。「そうね。女学生が一人来てたわね」

「女学生？　女子大生ですか」

「いいえ、高校生よ。制服着てさ。——親戚の子だって言ってたけど」

「そういう様子ではなかった、と？」

「私はそう思ったわね。もちろん、恋人っていうには若すぎるけど、今の高校生はねえ、結構凄《すご》いから」

と、絹子は自分のことは棚に上げて、言った。

「どんな女の子でした？」

と、麻井が訊く。

「そうねえ。——女子高生なんて、みんな似たようなもんでしょ。ああ、でも、ついさっき——」

と言いかけて、絹子は言葉を切ると、胸に手を当てた。

「――どうしました？」

と、麻井が訊く。

「何だか――胸が――苦しい」

と、喘《あえ》いだと思うと、絹子は突然、仰向けに倒れて、手足を突張らした。カッと目を見開いて、指が空をつかもうとしている。

「しまった！」

麻井の顔色が変った。「――奥さん！　畜生！　救急車だ！」

麻井は電話へと飛びついていた。しかし、おそらくもう手遅れだろう。麻井の勘は、そう教えていた……。

9　遊園地のめまい

妙なことになったものだ。

鳴海は、大きな遊園地の入口で、ぶらぶらと歩いていた。――平日なので、大して人も出ていない。

平日だろうと休日だろうと、鳴海はこんな所へあまり来たことがない。好きでもないし、大体、大の男が一人で入って、宇宙ロケットだのジェットコースターだのに乗って喜んでいるというのも、何だか不気味な感じだ。

気持よく晴れた日で、外へ出るだけでも爽《さわ》やかではある。

手持ちぶさたで、鳴海は、チケット売場の前の売店でポップコーンを一袋買って、つまみ始めた。

平日で空《す》いているとはいっても、結構、親子連れ――それも父親が一緒、という家族連れも大分見られた。きっと、鳴海のように、「自由業」なのだろう。それとも、日曜日は出勤のサービス業か何かか……。

殺し屋というのは、半ば自由業みたいなものだが、一旦《いったん》仕事に入れば、それが終わるまでは休みがない。報酬は出ても、休日出勤手当も、残業手当もない。

全体として考えれば、あまり得な商売とはいえないだろう。

――子供の笑い声が、風に乗って流れて来た。

鳴海は、ごく当り前に家庭を持ちたいと思ったことはなかった。この仕事では、無理な話である。

といって、この仕事をやめるのは、容易ではない。やはり、雇主にとっては、体内に巣くっている病原菌のようなもので、散々利用しておいて勝手なものだが、不要になれば、捨てるしかない。

ただ捨てるのではなく、「殺菌」するのだ。

そうならないように、うまくこの仕事から抜けるのは、極めてむずかしい。雇主がたまたま死んでしまえば別だが。

逮捕されたのなら、却《かえ》って鳴海にはやばいことになるのだ。

「——来たか」

鳴海は、駅の改札口を出て、急いでやって来る女の姿を見ていた。

田所予史子。佐知子の継母である。

「すみません。遅くなって——」

と、息を弾ませてやって来る。「待ちました？」

「二十分くらいかな」

「まあ、すみません。早く出るつもりが、急なお客様で……」

「いや、いいですよ」

と、鳴海は首を振った。「僕にとっちゃ、待つのも仕事の内です」

予史子は、鳴海が夫に雇われた探偵と思い込んでいるのだ。そう思っていてくれなくては、鳴海にとっても困る。

「すみません、本当に」

と、予史子はもう一度謝った。

よく謝る女だ、と鳴海は思った。性格というものなのだろう。

「それはいいけど——」

と、鳴海は、周囲を見回して、「どこへ行くんです？」

遊園地の前、ということで待ち合わせをしたのだが、周囲には、ろくな喫茶店一軒ない。正に、この私鉄の駅そのものが、この遊園地の客のために作られたようなものなのだ。

「どこって……ここですわ、もちろん」

予史子が、ちょっと目をパチクリさせて、遊園地の入口の方を指さした。

「ここ？――遊園地に行くんですか？」

と、思わず訊《き》き返す。

「ええ。私、大好きなんですの。あ、入場券は私、買いますから」

と、予史子はさっさと窓口の方へ行ってしまう。

「どうなってるんだ？」

鳴海は、首をかしげながら呟《つぶや》くと、ポップコーンを一つまみ口の中へ放り込んだ。

「――平日だと空いてていいわ」

予史子は、馬鹿でかい花壇が、陽射しを受けて輝いているのを眺めて、「きれいな色！　ねえ、そう思いません？」

と、感嘆の声を上げた。

「そうですね」

確かに、その色がきれいだということは、鳴海も否定しない。しかし……。

殺そうとして調べている、当の相手と一緒に遊園地を歩くというのも、どうにも妙な気分ではあった。

「あ、園内の遊覧列車があるわ。ねえ、あれでまず一周しましょうよ」

「いいですな」

と、鳴海は肯《うなず》いた。

そうとでも言うしかないじゃないか！

――ガタゴト、と小さな列車が走り出す。

客席は半分ほどしか埋っていない。しかもほとんどは家族連れで、それ以外はせいぜい高校生ぐらいのカップル。

どこをどう捜しても、三十代の男女だけという組合わせは、見当らない。

予史子は、指示された通りに、前の座席の背につけてある握り棒をつかんで、フフ、と笑った。

「ごめんなさい。――迷惑でしょ？」

鳴海は笑って、

「よく謝る人だな。別にこっちは構いませんよ」

「でも、馬鹿らしい、って顔をなさっているもの」

「そんなことありませんよ。ただ、特別楽しくもないから……」

予史子は、高架のレールを走る列車から、園内の風景を見下ろしながら、

「私、ずっと前から、一度こうしてのんびりと遊園地に来てみたかったんです」

と言った。

「その気になれば来られるでしょう」

「ええ。でも――一人では」

と、肩をすくめ、「こういう所、一人で乗物に乗っても、ちっとも面白くありませんもの」

「そりゃそうだ」

「今なら、あなたが仕事で私について歩いてらっしゃるし、一人でなく遊園地を歩けるって思い付いたんです。――変かしら？」

真剣に訊くので、鳴海も答えないわけにいかない。

「尾行している探偵と遊園地で遊ぶ、というのは、やはり、あまりまともとは思えませんね」

「それもそうね」

二人は一緒に笑った。

予史子は、三四歳にしては老けているのだが、こうして笑うと、むしろ若々しい。それが却って哀愁を感じさせた。

「――主人はまた出張です」

と、予史子は言った。「佐知子さんは相変らず、私のことを無視してるし」

「遊園地の話題には、ふさわしくありませんね」

と、鳴海は言った。

「そうね。本当にそうだわ」

予史子は大きく息を吸い込んで、「今日は、夫のことも、娘のことも忘れて、一日過ごすことにしたんだわ！」

と、声を上げた。

「あのね――」

と、鳴海は予史子をつついた。『夫のことを忘れて』って大声で言わない方が。不自然ですよ」

「あら、本当だ」

予史子はおかしそうに笑い出した。子供のような、弾けるような笑い声だった。

佐知子が一七歳にしては大人びた話し方をするのと、対照的だった。いや、そんなものなのかもしれない。

一方は早く大人になりたいと思い、一方は子供に戻りたがっている。――どちらも不可能なことなのだが。

「この券は、乗物も乗れるんですか？」

と、鳴海は〈フリーきっぷ〉と書かれた大きな券を見ながら言った。

「ええ、好きなものに、何度でも」

「じゃ、全部を乗ってやろう」

と、鳴海は言った、「一番の目玉は何です？」

「あれ」

と、予史子は、ゴーッと音のする方を指さした。「ジャイアントコースター。完全に一回転して、逆転して、ひねりがあるんですよ」

「面白い！　ちょっとした戦闘機乗りですな。あいつから手始めに行きましょう」

と、鳴海は肯いて言った。


「――大丈夫？」

と、予史子が心配そうに覗《のぞ》き込んでいる。

「もう……大丈夫です」

鳴海は青い顔をして、ベンチに腰かけていた。

「冷たいジュースでも買ってきましょうか」

「いや、本当に……。奥さん、どうぞ好きなものに乗ってらして下さい」

「でも、一人では……。いいですわ、ご気分が戻るまで座ってますから」

と、ベンチの隣に腰をおろす。

「いや……面目ない」

鳴海は、かのジャイアントコースターで、降りたらすっかり目が回り、フラフラになってしまったのである。

全く、見っともない話だ。殺し屋が遊園地の乗物で酔ったなんて……。

とてもじゃないが、ハードボイルドにはならない！

「すみません、無理に引張って行ったから」

と、予史子が言った。

「あなたは謝り過ぎです。――こっちは大の大人ですよ。勝手に乗って、勝手に気分が悪くなったんだから、放っときゃいいんです！」

「でも……」

鳴海は、フーッと息をついて、

「すみません。どこかでコーヒーを買って来ていただけますか」

強がって見せたところで、仕方がない。

「はい」

予史子は楽しげに笑って、急いで歩いて行った。

「やれやれ……」

困ったもんだ。――人を殺すのに、ジェットコースターの上が向いていないことだけはよく分かった。

まずいコーヒーでも、コーヒーはコーヒーだ。半分ほど飲んで、大分スッキリした気分になった。苦さのせいかもしれない。

「——もう大丈夫。どこかへ行きましょうか」

「でも、もう少しお休みになった方が……」

「少し歩いていれば完全ですよ」

二人は、ぶらぶらと、色々な乗物の間を、歩き出した。

コーヒーか……。佐知子は、確かにコーヒーをいれるのは上手だ。

しかし……。どうしたものだろう。

佐知子は、この継母を憎んでいるようだ。しかし、少なくとも鳴海の見る限り、予史子はむしろ「被害者」である。

それとも佐知子の言うように、この人妻は猫をかぶっているだけなのだろうか。

「——この木馬に乗ろうかしら」

と、予史子は言った。

「どうぞ。僕は待ってますよ」

「そうね。じゃ、ちょっと乗って来ますわ」

これなら、鳴海も大丈夫だろうが、ちょっと男が一人で乗るには、かなりの勇気を要する、超お子様向きの乗物である。

鳴海は、予史子を乗せた木馬が、のんびりとコースを辿《たど》って行くのを見送って、少し離れたベンチに行って腰をおろした。

——迷いがあるときは、やるのをやめる。

これが「殺し」の鉄則である。今まで生きて来られたのも、それを守っていたからだ。佐知子、予史子、それぞれに言い分はあるとしても……。

これは、やはり手を引いた方がいい、と鳴海は思った。佐知子とも手を切る。何か方法はあるだろう。

ただ佐知子は、鳴海の殺しの目撃者である。

別れるとなれば、消すしかない。

できるだろうか？　いささかの愛着を抱いている鳴海は、そう自分へ問いかけた。

――予史子が戻って来た。

「やあ、いかがでした」

と顔を上げて、面食らった。

予史子が、青ざめた顔で、

「行きましょう」

と言ったのである。

あの木馬で酔ったのか？――まさか！

「出ましょう」

と、予史子は鳴海の腕を取って、言った。

「出る？」

「ええ。早く」

と、せかす。

何かあったらしい。——鳴海は、予史子と一緒に、小走りに遊園地の出口へ向った。かなりの距離である。入ったときとは別の口へ出てきたが、それでも二人とも息を弾ませていた。

「——どうしたんです、一体？」

と、鳴海が訊《き》くと、

「どこかへ行きましょう」

予史子は鳴海の腕をつかんで、引張るようにして、タクシー乗場の方へと歩いて行く。ちょうど一台、待っている車があった。

「——K街道を」

と、乗り込んで、予史子が言った。

タクシーが走り出すと、予史子は、やっと息をついた。

「——すみません」

と、また謝る。

「何事です？」

予史子は、ゆっくりと首を振った。

「運が悪いわ……。主人の古い友だちに会ってしまったんです」

「ご主人の？　あなたのことを知ってるんですか」

「年中、家へ来ています。まさかあんな所で会うなんて！」

「家族で？」

「ええ。子供さんを連れて。――私より先に向うが気付いていたんです」

「すると――僕のことを見た？」

「ええ。目つきが……。私を見る目つきで分かりました」

鳴海は、ため息をついた。

「困りましたね、それは。もちろん、僕はご主人に雇われたわけだが、まさか尾行中に一緒に遊園地へ行きました、とは言えませんからね」

――これは、別れる口実になる。

鳴海はそう思っていた。

タクシーがK街道を走って行く。――予史子は、何を考えているのか。鳴海の方へ目を向けず、ただひたすら、じっと前方を凝視していた。

そして――突然、身を乗り出すと、

「そのホテルへ入って」

と、言った。

鳴海は面食らった。街道沿いの、安っぽいけばけばしさが売り物のホテルである。もちろん、ドライブのアベックたちが立ち寄って行く場所だ。

予史子は、鳴海の戸惑いにはお構いなく、タクシーが停ると、料金を払った。

仕方ない。鳴海は、予史子に続いてタクシーをおりた。

予史子は、もうホテルのフロントへ歩いて行って、部屋を取っている。キーを受け取ると、無言で、どんどん歩いて行ってしまうのである。

鳴海は、ついて行った。今さら、やめましょうとも言えない。

「――どうしたんです」

と、廊下を歩きながら、やっと声をかけたが、予史子は返事をしなかった。

予史子は、ドアの前で足を止め、鍵《かぎ》を開けて中へ入って行く。鳴海も続いた。

窓のない部屋である。――暗い方が都合がいいわけだから、なくて当然かもしれない。

明《つ》りを点けて、キーをソファの上に投げ出すと、予史子は鳴海に背を向けて、じっと立っていた。

「奥さん」

と、鳴海は言った。「やけを起こしちゃいけませんよ」

予史子は、黙って服を脱ぎ始めた。

――そして、一時間がたちまちの内に過ぎた。

鳴海は、あの佐知子の若々しい肌とは違った、予史子の女盛りの肌に、我を忘れてのめり込んだ。

「――悪いことをしたな」

暗いベッドの中で鳴海が言うと、予史子は、ちょっと笑った。

「──何がおかしい?」

「だって──あなたがよく言うわ。私のこと、謝り過ぎるって」

「ああ、そうか」

鳴海は、予史子の髪を、そっと指ですいた。

「いいのよ」

と、予史子は言った。

「何が?」

「どうせ──あの人たちに見られれば、主人の耳に入るわ。何もしていなくても、主人は信じないもの」

「なるほど。それなら、寝た方が得、か」

「それだけじゃないの。本当よ」

と、予史子は身を乗り出すようにして、鳴海にキスした。「あなたのこと、好きなんだもの」

「ご主人に不満だからじゃないのか」

「心理分析はやめて」

予史子は、鳴海の胸に頰をすり寄せた。

何てことだ。──継母と娘、両方と寝ているんだ、俺は。

いつからこんなにもてるようになったのかな……。

「すばらしかったわ」

と、予史子が言って、仰向けに寝た。

「ああ、君もだ」

「君……ね。そう呼んでね、ずっと」

「どうして？」

「『君』って、響きが好きなの」

母も娘も、少し変っているのかもしれない。——共通しているのは、魅力的だという
ことだけである。

だが、すぐに鳴海は、二人にもう一つの共通点を見出《いだ》すことになる。

「——ねえ」

と、予史子が言った。「お願いがあるの」

「僕に？」

「そう。仕事のつもりで、引き受けてもらえない？」

「仕事というと……ご主人の素行でも調べるのかい？」

「いいえ。——主人を殺してほしいの」

と、予史子は言った。

10　殺意の発酵

「暗いね」

と、真田京子が言った。

「何が？」

みゆきは、顔を上げた。「私のこと？」

「みゆきは、ここんとこ、明るいよ」

と、京子は言って、みゆきの前の席に座った。

お昼休みだ。——みゆきは、外へ出なくなっていた。

「そう？　相変らず禁足を食ってるのよ」

「でも、たまには出かけてるって。一緒に出かけてるの、誰なの？」

「うん。——母のお気に入りよ」

みゆきは、曖昧《あいまい》に言った。

確かに、みゆきがこのところ明るくなったのは事実だろう。それでも、以前のみゆきほどではないだろうが。

「暗いって、何のこと?」

「新聞見たの。――奥さんを毒殺したって旦那《だんな》さんの話」

「ああ。お茶に毒入れてたっていうんでしょ?」

「そう。夫婦仲に問題あったみたいね。週刊誌で見たけど、旦那さんがだめになってさ、奥さん、平気で他の男と浮気してたんだってさ。旦那さんも認めてたはずだって」

「屈折してたのよ」

「そうねえ。女房が毎日他の男と寝てるなんて……。いくら自分にも責任があるったって、たまんないわよね」

みゆきは、さりげなく、

「自供したの、ご主人は?」

「してないみたい。否認してるって。でも、言うことが大分混乱してるみたいよ」

そう……。きっと愛していたのだ、あの奥さんを。

奥さんの死そのもののショックで、自分が疑われているということも、分かっていないのかもしれない。

「ほら、この前、歩行者天国で会った刑事さん、いたじゃない」

と、京子が言った。

「麻井さん?」

「そう。そんな名だったね。あの人が現場にいたんだってよ」

「へえ」

「目の前で、奥さんが毒をのむの、見てたらしいの。本人もお茶を出されたんだって。――危機一髪ね。飲んでれば、あの刑事さんも、今ごろは……」

「良かったわね、飲まなくて」

と、みゆきは言った。

「人が死ぬの、目の前で見てるなんて、どんな気持だろ」

と言ってから、京子は、「あ、そうか。みゆきは見てたんだね」

と、気付いた。

「ただ、見てただけよ」

と、みゆきは肩をすくめた。

窓辺に立って行って、校庭を見下ろす。

校門が遠くに見え、そこにポツンと人影があった。――あんな所で、何してるのかしら、とみゆきは、ふと思った。


「――出て来た」

と、麻井は言った。「おい、車を出せ。ゆっくりだ」

車が走り出す。

校門から次々に、何人かずつ連れ立った女学生たちが出て来る。

「同じ制服で見にくいでしょうがね。あの、二人連れの子。赤い袋を下げてる。——分かりますか」

麻井は後部席に座っていた。隣には、不安げな顔の中年の主婦が座っている。

「あの二人の、右の方の女の子です。よく見てください」

車は、道の反対の端に止っていた。

みゆきと京子が、連れ立って歩いて来る。

やがて、車とすれ違った。——二人は見られていることなど、まるで気付く様子もなく、歩いて行った。

「——よし、行け」

と、麻井は命じた。

車は、少しスピードを上げた。

「どうです？」

と、麻井は、中年の主婦へ、「鳴海の所へ来ていた女の子と似てますか」

「そうですねえ……」

と、主婦は困った様子で、「私も、そんなによく見たわけじゃないんですよ。人の顔をジロジロ見るのなんて、失礼なことですものねえ」

「そりゃそうです。感じは似てますか？」

「ええ……。でも、あれぐらいの女の子で、しかも制服を着てるとなると、見たとこ、よく似た子はいくらでもいますからね」

「印象でいいんですよ、漠然とした」

麻井は粘った。

「後で──証言しろ、とか言われません？　そんなこと、できませんよ、私」

と、主婦の方は信用していない。

「大丈夫。そのときは否定してくれればいいんですから」

「でも、嘘の証言をしたとか言われるし……。はっきり言って、私には分かりません。似ているようでもあるし、違うようでもあるし。──そっくりかもしれないし、全然違うかも……。それだけです」

「分かりました」

麻井は、ため息をついた。「どうもお手間をとらせました」

「近くの駅前で降ろして下さい。電車で帰りますから」

主婦は、あくまで麻井の誠意を信じていないようだった。

主婦を駅前で降ろすと、運転していた田口刑事が、振り返った。

「どうします？」

「ともかく、前に行くよ」

麻井が助手席へ移った。「いや、参ったな。──もともと、はっきりした証言は期待してなかったが……」

「あんまり関り合いになりたくないんでしょうね」

と、田口は車をスタートさせながら言った。「署へ戻りますか？」

「そうだな」

麻井は時計を見た。「戻らんと、課長がうるさい」

車を走らせながら、田口が言った。

「麻井さん、本当にあの女の子——何ていいましたっけ」

「新谷みゆきだ」

「ああ、そうか。何か歌手みたいな名前だったな、と思ったんだ」

と、田口は呑気《のんき》なことを言っている。「本当にあの子が、鳴海を殺《や》ったと思ってるんですか？」

「分からん」

と、麻井は首を振った。「ただ、どうも、話以上に、何かを知っているような気がする」

「それはあるかもしれませんね。——真面目な子かと思ってたら、結構、暴走族と付合ってるとか……」

「うん。——しかし、それはどうでもいいんだ」

そんな男と付合うというのは、むしろあのみゆきという子が、妙に計算高くないからとも言える。

今時、もっと利口な子は、自分にとってマイナスになるような相手は、初めから選ばないものである。

その点、ちょっと不思議ではあったが、麻井は新谷みゆきに好感を抱いていて、それは少しも変らなかった。正直な子だ、と思っていた。

嘘をつかないという意味ではない。人間、誰だって――特に若いころは、自分を守るために、すぐ嘘をつく。

しかし、みゆきは少なくともその結果を自分で背負うことからは、決して逃げたりしない。麻井はそう思っていた。

「大体、妙ですよ」

と、田口が言った。「鳴海が死ぬのを、ずっとそばに座って見てた、なんて。――普通の女の子なら逃げ出してる。やっぱり、嘘をついてるんですよ」

「うん……」

確かにその点で、みゆきは何かを隠している、と麻井も思っていた。

しかし、鳴海のそばに座って、彼が死ぬのを見守っていたのは、事実ではないか。後で、他人が考えれば不合理なことでも、その場にいればごく当り前のような気がする。――そんなことはよくあるものだ。

田口のような若い刑事には、その辺のことは分かるまいが……。

正直なところ、麻井も難しい立場だった。

鳴海が殺された事件に、あまり深入りするのは、上司がいい顔をしない。

そんな人手があれば、もっと「善良な市民」のために働け、というわけだ。——鳴海は殺し屋だった。

その鳴海が殺されたところで、別にどうということはない。——麻井も、もし昔から鳴海のことをよく知っていなければ、そう思ったかもしれない……。

鳴海とのことを、もっと早く三矢絹子に訊《き》いておけば良かった、と麻井は悔んでいた。他の事件にかかっていて、ずっと遅くなってしまったのだ。

そして、三矢絹子は目の前で死んでしまった。——毒殺。

自殺という可能性はない。麻井の目の前で、ああしてしゃべっていたのだから。

危いところだった。麻井自身あのお茶を飲もうとしていたのだ。

もし飲んでいれば、とても助からなかっただろう。

後の処置についても、解剖所見では、麻井がやった以上のことは誰にもできなかった、と言われた。何をやっても、手遅れだったろう。

麻井はそう聞いてホッとした。自分の処置が悪かったのではないかと悩んでいたからだ。

しかし——三矢絹子は、なぜ殺されたのだろう?

夫がやった、と担当の刑事は考えているようだし、麻井も、その可能性が小さくないことは分かっていた。

いくら女房のほうは割り切っているつもりでも、夫の側からすれば、やり切れなかったろう。容疑者の第一に、夫が挙げられるのは当然といえる。

ただ、麻井は、絹子が例の鳴海の所へ来ていた女学生のことを話していて、

「ついさっき——」

と言いかけたことと、そしてそのまま絶命してしまったことに引っかかっていたのである。

ついさっき……。

絹子は、言いかけたまま、悶《もだ》え苦しんで死んでしまったが、もしあれが、「ついさっき、その子を見たわ」とでも言うところだったとしたら……。

その女学生が、鳴海のいないあのアパートに現われる理由はあるだろうか？——もし、留守中に、三矢絹子の部屋に上がって、あの急須《きゆうす》の中へ毒を入れたとしたら……。

夫が、朝、行きがけに入れていった、と考えることも、もちろんできる。一度使っただけで、お茶の葉を捨ててしまったりしない絹子の性格を知っていれば。

しかし、鳴海を殺したのが、もしその女学生だとすれば（みゆきかどうかは別として）、自分の顔を知っている三矢絹子を殺そうと考えても、不思議ではない。

だが……。まさか、という思いがある。

あんな女子高生に、鳴海のようなプロの殺し屋がやられたりするものだろうか。

いくら油断していたとしても……。

「これから、どうします？」

と、田口が言った。

「署へ戻るんだろ？」

「いや、あの新谷みゆきのことですよ」

「そうか。――いや、迷ってるんだ。どうしたもんかと思ってな」

「やられたのが殺し屋だとしても、殺人は殺人ですからね」

「うん。――といって、あの子を逮捕して、夜通し訊問《じんもん》するというわけにもいかん」

「大問題になりますよ、もし見当違いだったら」

新谷みゆきがやったという証拠があれば、もちろん麻井とて、ためらわずに訊問でも何でもする。しかし、麻井の勘は、別に犯人がいると告げていた。

麻井も、まさか「二人の女学生」がいたとは、思ってもいないのである……。


「――いいお話があるのよ」

と、尚子が言った。

「何なの？」

みゆきは、あまり気のない様子で言った。

夕食の席で、どこか今夜は雰囲気が違うな、とみゆきも感じていた。

いつも忙しくて、夕食の時間に帰宅していたことのない父が、珍しくテーブルについている。

「どうしたの、お父さん？」

と、みゆきは思わず訊いてしまったくらいだ。

「ともかく――食事を済まそう」

と、父が言った。

「もったいぶらないで、聞かせてよ」

と、みゆきは言った。

「そうね。最近は、みゆきも大分いい子になって来たし」

と、尚子が言った。

お母さんのおかげでね、と、みゆきは心の中で呟《つぶや》いた。

みゆきは、もう母への無力感に悩むことはなかった。

牧野純弥と結ばれたのだ、という思い。そして母は全くそんなことに気付いていないということ。加えて、母の浮気を、みゆきは承知している。

今は、むしろみゆきの方が優位に立っているのである。

よく娘のことを見ている母親なら、処女でなくなって帰ってくれば気が付くものだ、とか、本で読んだことがあった。でも、尚子はまるで気付いた様子もない。

みゆきは、正面切って、母親を笑ってやりたいと思った……。

「禁足を解いてあげるわ。ただし、出かけるときは、必ず誰とどこへ行くかを、はっきり言っていくのよ」

みゆきは、素直に、

「はい」

と、答えておいた。

そんなことで――当り前のことで、感謝して手にキスでもしろ、と言うのかしら？

「それに、もうそんなに長いことじゃないしね」

母の言葉に、みゆきは食事の手を止めた。

「――どういう意味？」

「あなた、アメリカへ留学しなさい」

みゆきは、母の言葉がしばらく理解できなかった。――何を言ってるんだろう、お母さんったら。

「お父さんとも相談して決めたの」

と、尚子は言った。「あなたぐらいの年齢で、一度は外国の生活を経験しておくのは悪いことじゃないわ」

「決めた、って……」

みゆきは、やっと驚きから我に返って、「私――そんなのいやよ。行きたいなんて、言ったことないでしょ！」

「何を言ってるの。みんな行きたくたって、行けないのよ。それをやってあげようと言ってるのに」

「私の意志を無視して決めるなんて――」

「あなたは子供よ」

と、尚子が、ピシャリと遮った。「――いいこと？　今年の秋から、アメリカへ行くの。心配しなくてもいいわ。私も初めの何か月かは一緒に行っててあげるから」

みゆきは青ざめた。――手が怒りで震えた。

「問答無用ね。私が何でも言うことを聞くと思って――」

「当然よ。あなたは私の娘なんだから」

「私だって、自分のやりたいこと、進みたい道があるわ！」

尚子は、冷ややかにみゆきを見ていた。

「――喜ぶと思ったのにな」

と、父が言った。「みゆきも、日本でテストテストに追いまくられているよりいいんじゃないのか？」

「そうじゃないのよ」

と、尚子が言った。「ね、みゆき」

「何よ」

「あなたがアメリカへ行くのを嫌がってるのは、例の不良のせいね」

「牧野君とどういう関係があるの」

「ないわけないでしょ。誰だって大喜びするはずよ。まだ未練があるのね」

みゆきはカッとなった。──若い男とホテルに行く母。それを棚に上げて、子供には自分の決めたことを押し付けるのだ。

「いけない? いくらお母さんでも、私の心まで管理できないわよ!」

みゆきは、立ち上がった。

「座りなさい」

「絶対に、アメリカなんか行かない!」

「座りなさい、みゆき」

──みゆきは、ゆっくりと腰をおろした。いけない。ここで怒ったら負けだ。

みゆきはじっと抑えた。──抑えに抑えて、その押し込められた力が、いつか爆発する。そのときの力が、二倍にも三倍にもなるように、と……。

「アメリカに行くのはいやなの?」

「ええ」

「じゃ、牧野って子を、訴えてもいいのね」

「牧野君は何もしてない」

「あんな子なんか、どうにだってなるわ。あなたから引き離すのなんて、簡単よ」

みゆきは、最後の最後で、父親の方へ、救いを求めた。そこまでは、やりたくないのだ。そこまでは……。だから、お父さん、何か言って!

が、新谷は、みゆきから目をそらしてしまった。

父親でしょう！　何か言ってよ！

「お父さん——」

と、みゆきが言うと、

「お母さんの言う通りにしたらどうだ」

と、新谷は言った。「今は恨んでも、きっと後で感謝するようになる」

父は、決定的なことを言ってしまったのだ。自分でもそれと知らずに。

「——そう」

みゆきは目を伏せた。もう、誰も味方はいない。

純弥は、もちろんみゆきの味方でも、いつでも会いに来てくれるわけではない。

「分かったの？——どうなの？」

尚子が問い詰めるように言った。

お母さん。あなた自身なのよ。私にこうさせるのは。——私を恨まないでね。

みゆきが目を上げたとき、電話が鳴った。

「出るわ」

と、尚子が立って行く。

あの電話は……おそらく……。

「——まあ、どうも。いつもみゆきが色々と……。ええ、ちょっとお待ち下さい」

母が、「みゆき」

と呼んだ。

「はい」

「田所さんよ」

やはりそうか。——不思議な子だ。

まるで、うちの様子をじっと見守っているかのように、みごとなタイミングで電話をかけて来る。

「——もしもし」

「あら、元気のない声ね」

と、佐知子は言った。「この間はご苦労さま」

「いいえ」

「そちらはどう？」

「ええ……」

みゆきは、チラッと食堂の方へ目をやった。さすがに母も立ち聞きしてはいないようだ。

「——ひどいわ」

と、低い声で、みゆきは言った。

「最悪？」

「ええ」

「考えてみた？」

みゆきは、ちょっと間を置いて、

「考えたわ」

と、言った。「やってみる」

「そう。──決心したのね」

「ええ」

「じゃ、さっそく相談しましょ」

「そうね」

「手伝うわ。──私たち、もう切っても切れない仲よ。お互い、共犯者なんだから」

「そうね」

と、みゆきは言った。「──そうね」

くり返して、みゆきは、そっと食堂の方へもう一度目を向けた。

母を殺す。──そんな話をしているのだとは、まさか父も母も、思ってもいないだろう……。

11　湖畔の別荘

「動くな」

背中にぐいと何かが押し当てられる感触があって、鳴海はギクリとした。

しかし、それも一瞬のことで——いくら声を作ったところで、女の子は女の子だ。

「おい、冗談はよせよ」

と振り向くと、田所佐知子が、いたずらっぽく笑っていた。

「へへ……。ギョッとした？」

「まあね」

と鳴海は言って、「しかし、本当によせよ。反射的に殺してるかもしれないぞ」

「何よ、気取っちゃって。——映画の中の殺し屋じゃない、って言ったの、自分でしょ」

鳴海は笑って、

「かなわないね。君には」

と言った。「さて、どこへ行くんだ？　ちゃんと仰せの通り、車を借りて来たぜ」

ポン、と車の屋根を叩《たた》く。

「何か、パッとしない車ね」

と、佐知子が車を眺めて、首をかしげる。

「そうかい？　新車だよ」

「でも――もうちょっと若向きの車だと良かったのに」

「ぜいたく言うなら、乗せてやらないぞ」

「わ、ごめんごめん。――大人しく乗せていただきます」

おどけて見せる佐知子は、何とも可愛い。鳴海まで、つい笑ってしまう他はないのである。

今日は連休の初日。――よく晴れて、どこも人出は多そうだ。

佐知子も、いつもの制服ではもちろんなくて、ちょっと目のさめるようなオレンジ色のスポーツウエアを着ている。

「可愛いね」

運転席に座って、鳴海は言った。

「でしょ？　脱がしたい？」

「おい。――清純派のイメージをこわすなよ」

と、鳴海は文句を言った。「どこへ行くんだ？」

「N湖。――分かる？」

「分かるけど……。大分遠いぜ」

「夜までには着くでしょ。別荘があるの」

鳴海はびっくりして、

「泊るのか？」

「悪い？　あなたのママ、うるさいの？」

「こら！　大人をからかうな」

車を走らせて、鳴海は言った。「君の方は大丈夫なのか？」

「うん。友だちと行くって言ってある。——嘘じゃないものね」

「それもそうだな」

「週末をのんびり過ごすにはいい所よ。あの人はめったに行かないし、特に一人じゃ行かないわ」

「親父さんは？」

「アメリカ出張。——いつ家にいるのか、言っといてほしいくらいだわ」

鳴海もその点は聞いていた。もちろん、予史子からである。確か、ここ二、三日の間に戻るはずだが。

「——ドライブにはいい日和ね」

と、佐知子は窓をおろして、顔に風を受けながら、気持よさそうに目を閉じた。

鳴海は、チラッと佐知子の方を見た。

——何とかしなきゃ。

ずっと、このところ、考え続けているのである。

佐知子には予史子を殺してくれ、と頼まれ、予史子には、夫の田所を殺してくれ、と頼まれる……。間に立って、鳴海の立場は誠に微妙なものであった。

しかし、鳴海にも、どうすべきかはわかっている。

単純明快だ。——佐知子とも予史子とも、手を切ることである。

住んでいるアパートは佐知子に知られている。だから、どこかへ移る必要はあるだろう。

佐知子が、殺しの現場を見ていたことは鳴海としても気になる点だ。ただ、だからといって、佐知子を殺すのが唯一の策というわけではない。

佐知子にしても、人を殺したいと鳴海に打ちあけているのだから、もし鳴海のことを警察へ告発したりすれば、自分の方にも火の粉はふりかかって来る。

佐知子はそれほど馬鹿な女の子ではない、と鳴海はにらんでいた。

しかし——頭では色々考えながら、鳴海は一方で三四歳の予史子と、もう一方でその半分の一七歳の佐知子と、こうして付合いを続けている。

それは一種のスリルでもあり、結末の分からないミステリーでも読んでいるような、そんな楽しさであった。

ただ、ミステリーなら、誰が殺され、誰が捕まっても、鳴海には関係ない。しかし現実の「殺し」となると、そうはいかないのである……。

車は高速道路へ入って、たちまち渋滞し始めた。——連休初日で、ドライブ日和と来れば、混まない方が不思議だ。

「——のんびり行きましょ」

と、佐知子は、手にさげていたバスケットを膝《ひざ》の上で開けた。

「何を持って来たんだ？」

「色々。お菓子、サンドイッチ、飲物。——どうせ車が混むと思って」

「手回しがいいな」

「こういう点、凄《すご》く気が付く人なの」

と、佐知子は得意げに言った。

「向いているのかもしれないよ」

「何に？」

「殺し屋に、さ」

「本当？　嬉《うれ》しい」

「変なことで喜ぶなよ」

鳴海は苦笑した。

「だって、本当に憧《あこが》れてるんだもん。——何か飲む？」

「いや、昼まではやめとく」

と、鳴海は言った。「あんまり、水分は取らないんだ。トイレに行けないこともあるからな」

「あ、そうか。私もやめよう」

と、佐知子は、バスケットの蓋《ふた》を閉じた。「ね、どう？　まだ忙しいの？」

「仕事かい？――そんなに忙しきゃ、今日ここへ来てない」

前の車がノロノロと動くと、少し車を進める。――二人だからいいが、一人で乗っていたら、拷問に等しいだろう。

「そう。――あの人のことは？」

もちろん、予史子のことを訊《き》いているのである。

「まだ殺す気かい？」

「もちろんよ」

と、佐知子は、ふくれっつらになる。「本気にしてなかったのね」

「してるさ」

「だって――」

「でなきゃ、わざわざ付合ったりしていない」

佐知子は、まじまじと鳴海を見て、

「付合うって……。あの人と？」

「そう。色々、あっちも話し相手がほしいようだよ」

「へえ！」

佐知子は、びっくりした様子で、目を輝かせている。「でも……」

「うん？」

「どういう付合い？　ホテルにでも行ってるの？」

鳴海は、ちょっと肩をすくめて、

「いや、遊園地でジュースを飲むぐらいの付合いさ」

と言った。

「嘘！――あの人と寝たんでしょ」

「必要ならそうする。相手を知るには、一番いい方法だ」

「ふーん」

と、佐知子はちょっと口を尖《とが》らし、「ま、いいわ。許してあげる」

と言ってから、

「その代り――今夜はちゃんと可愛がってね」

と、頭をもたせかけて来る。

「おいおい。運転がやりにくいよ」

と、鳴海は笑った。

――予史子とのことを話して、佐知子がどう反応するか、見たかったのだ。

佐知子ならこうだろうという予想の通りではあった。ただ、あまりに「その通り」すぎるような気はしていたが……。

「知ってる？」

と、佐知子は言った。

「何を？」

「あの人、泳げないのよ」

鳴海は、ちょっと佐知子の方を見て、

「どうして知ってる？」

「海へ行ったり、プールへ行ったりしてるもの。――あの人、水着になっても決して泳がないわ」

「泳がない、と泳げないじゃ、大分違うぜ」

「でも、泳がない理由がないわ」

「あまりうまくないのかもしれない。しかし、全く泳げないってことじゃないかもしれないだろ」

「そりゃそうね」

「大体、今は泳ぐシーズンじゃない」

「あの湖よ」

と、佐知子が言った。

「湖か」

鳴海は、やっと少し流れ始めた車の列に合わせて、少しアクセルを踏み込んだ。だが、ほんの少し進んだだけで、また元の通りの大渋滞である。

「やれやれ……」

と、息をついて、「ボートがあるのか」

「そう！　さすがね」

と、佐知子は微笑んだ。

「しかし、普通、泳げない奴はボートなんかに乗りたがらないもんだ」

と、鳴海は言った。「湖の深さは？」

「――知らない」

「背の立つような湖じゃ、いくら泳げない奴でも、死なないぜ。――どの辺が深いかも知っておく必要がある」

「そうね」

「どの辺なら、人目につかないか。――湖のど真中じゃ、どんなに用心しても、誰かに見られると思った方がいい」

「そう？」

「いくら遠くても、今は、バードウォッチングってのが流行《はや》りだからな。結構双眼鏡とか持っている奴が沢山いるんだ」

「結構むずかしいのね」

「それに向うも君のことを警戒してるかもしれない」

佐知子は、鳴海の方を向いて、

「あの人、私のこと、何か言ってた？　ねえ、何だって？」

「なかなか打ちとけてくれない、と嘆いてはいたけどな。――ともかく、君が霧の濃いときに、わざわざボートに乗ろうなんて誘っても、向うは断るだろうな」

「そこを何とかして……」

と、呟《つぶや》くように言って、「向うで、ゆっくり検討しない？」

と、ニッコリ笑った。

人殺しの話を、「ゆっくり検討」しようと言って微笑むのだ。――なかなか大した奴だよ、と鳴海は苦笑した。

「焦らないことさ。――その代り、やるべきときは、決断して徹底的にやる。中途半端は命取りだ」

「同感」

佐知子は、ふと青空を見上げた。「――いい星が見られそうだわ」

ふと、鳴海は、もう夜になってしまったかのような錯覚に囚《とら》われた。

あと何時間かかれば着くのやら。本当に、高速道路の上にいる間に、星空を見上げることになるかもしれない。

鳴海は、水辺に行って、小さな波に指先を浸してみた。――冷たい。

かなり水温は低そうだ。

ボートが、二つ三つ、浮かんでいる。乗っているのは当然アベックである。見通しはいい。明るい内にここで溺《おぼ》れるというのは、よほど運の悪い奴でなくてはなるまい。

足音がして鳴海は振り返った。

「――何してたの？」

と、佐知子が言った。

「うん。――ただの見物さ」

「何だ。下見してたのかと思ったのに」

「がっかりさせて悪かったね」

と、鳴海は笑った。

しかし、思ったより早く、この湖へ着いた。――高速が途中からスッと流れ出したのである。

全く、あの車の混雑というやつは分からない。何もなくても混むかと思うと、突然サーッと潮が引くように空《す》いたりもする。

ともかく、順調に流れたおかげで、夕方、まだそう暗くもならない内に、この別荘へ着くことができたのである。

湖畔の木立ちの間にひっそりと、その別荘は建っていた。――かなり古いものだろう、と鳴海は思った。

木造の二階建だが、広さはかなりある。

「寒くなって来たな」

と、鳴海は肩をすくめた、「中へ入ろうか……」

「夕ご飯、用意するから」

と、佐知子は鳴海の腕を取った。「何がいい？」

「そんなにメニューがあるのか？　料理はだめなんだろう」

「だって、出来てるのを、電子レンジで温めるだけだもん」

「何だ、そうか」

と、鳴海は笑った。

――確かに、もともとの調理がそう悪くなかったのだろう。ただ温めただけの料理にしては、食べられる味だった。

ご飯も、ビニールに詰めた真空包装。――鳴海は、

「こういうものも、結構捨てたもんじゃないね」

と、感心して言った。

「でしょ？　だから安心してるの。これで、結婚しても大丈夫って」

佐知子は、いたずらっぽく笑って言った。

「便利な世の中だな」

「そうね。でも、殺し屋の需要は減らないの？」

「どうかね。——僕が仕事を受けるわけじゃない。下請けさ。どれくらいの依頼があるのか、僕は知らないよ」

「へえ。そんなもんなの？」

「互いに、知識は持っていない方がいいんだ。雇主にとっては、ただ仕事をきちんとやれる奴なら、どんなのでもいいし、こっちも、ちゃんと金を払ってくれりゃ、誰だっていいわけだ」

「そうね」

「どっちかが捕まったときにも、知らないことはしゃべれないだろ。お互い、その方がいい」

鳴海は、ゆっくりと食事を続けた。

「——コーヒー、いれようか」

と、佐知子が言った。

「ああ。頼むよ」

「これは電子レンジじゃないわよ」

と、立ち上がって、台所へ歩いて行く。

やがて、コーヒーの匂いが漂って来た。

「——すぐ入るわ」

佐知子が戻って来て、言った。「どう？　可能性ありそう？」

「水は冷たい。あまり泳げない奴なら、あの冷たい水の中へ落ちたら、助からないだろうな」

「心臓は丈夫よ、きっとあの女」

「筋肉がつっちまうよ。足がつったら、よほど泳ぎのうまい人間でなきゃ、泳げなくなる」

「じゃ、やれるかな」

「君は泳げるのか？」

「もちろん。この湖でも、夏には泳いだことがあるわ」

「そうか。――明日《あした》、昼間に一度、ボートで出てみよう。どの辺が深いか、調べておいた方がいい」

「うん。私、こいであげる。結構これでも力があるのよ」

「頼もしいな」

と、鳴海は笑顔で言った。

「あ、コーヒー」

佐知子が、台所へ駆けて行く。

――食事を終えて、鳴海は、ソファでのんびりとくつろいだ。

居間は、相当な広さである。木の色が、落ちついた雰囲気を作っていた。

「はい、どうぞ」

コーヒーが来て、鳴海はじっくりと味わった。

「——どう？」

「旨《うま》いよ」

「よかった」

佐知子は、鳴海にもたれかかった。「時々ね、考えすぎちゃうの」

「何を？」

「コーヒーのことよ。いつもほとんど無意識にやってるでしょ。たまに、これでよかったかしら、とか考えちゃうの。そうすると分からなくなる」

「そんなものさ。自信がある内は、体の動く通りにやれば充分だ」

「体の動く通りに……」

佐知子がキスして来る。

鳴海も、今はためらう必要はなかった。

二人はソファの上にもつれ合うように倒れた。——佐知子が息をついて、天井に目を向ける。

すると——電話が鳴り出したのだ。

「いやだわ」

佐知子は、顔をしかめた。「あの人よ、きっと。他にかけて来る人なんていないもん」

「出ないわけにいかないだろ」

「そうね。――人の邪魔して」

ブツブツ言いながら、佐知子はソファから立って、電話の方へ歩いて行った。

「――はい。もしもし」

と、佐知子は面倒くさそうな声を出したが……。

「お父さん！」

佐知子が声を上げた。「帰って来たの？――いつ？」

鳴海は、起き上がって、飲み残したコーヒーを飲んだ。

「――え？――でも、友だちと一緒に……。だから――ええ？――うん、分かったわ。じゃ……」

佐知子は受話器を置くと、途方にくれた様子で、鳴海を見た。

「日本に戻ったのか」

と、鳴海が言った。

「うん。それだけじゃないの」

「どうした？」

「ここへ来るって。――あの人と一緒に」

鳴海も、これには面食らった。

「何だって？」

「こんなこと、今までなかったのに！――参ったなあ！」

「そうか。二人でね。――じゃ、僕がここにいるわけにはいかないな」

「だって変よ。友だちと来てることになってるのに」

「誰か、代りに呼べないのか？」

「無理よ」

佐知子は、お手上げという様子で、「車でここから十分の所まで来てるんですもの」

と言った……。

12　開いたトランク

「もう行かなきゃ」

と、みゆきは、腕時計を見て言った。

「もう？」

純弥が、不満げな声を出す。「まだ少しはいいじゃないか」

「だめよ」

みゆきはベッドを出ると、急いでバスルームへと駆け込んだ。

手早くシャワーを浴びる。——石ケンは使わない。匂いが残って、母に気付かれるのが怖いのである。

バスタオルで体を拭《ふ》くと、部屋へ戻った。純弥がトロンとした目で、

「じゃ、俺も……」

と、起き上がる。

「いいわよ」

と、みゆきは笑って、「あなた、もう少し眠って行けば？　料金は払ってあるんだから、ここ」

「そうだな……。眠くて——」

と、大欠伸《あくび》をした。

「眠っていって。——ちょっと、向う向いてて！」

「あ——分かったよ」

純弥は、あわててみゆきの方へ背中を向けた。

妙なもので、こういう仲になっても、服を脱いだり着たりするのを見られるのは恥ずかしいのだ。

みゆきは、制服姿である。学校の帰り道、田所佐知子と会ったことにしてある。

もちろん佐知子も承知だ。というよりも、佐知子がここを教えてくれたのである。

まだ、純弥とこうして一つのベッドに入るのに、抵抗もないわけではない。何といっ

ても、まだ一七だ。

妊娠の可能性も常にある。気を付けてはいるが、絶対安全ということはない。

みゆきも、母がこんなに純弥との付合いに反対しなければ、ここまで来なかったかもしれない。ただ、今はこうして会っていられるのも、せいぜい一時間。

短い時間となると、逆にこうして肌を触れ合って、互いを確かめたくなってしまう。

——これでいいのだろうか？

みゆきも、時に自問することがあった。

「どこかへ行かないか」

と、純弥が言った。

「え？」

セーラー服を着終えたみゆきは、ベッドの方を振り向いた。

「二人でさ。——どこかに行って、二人だけで暮すとか」

みゆきは微笑んだ。

「嬉《うれ》しいわ。でも——」

と、ベッドの方へ歩み寄ると、軽く純弥にキスした。「とても無理よ」

「なんとかなるよ、働けば」

「だけど、こんなに若くて、二人でいくら働いたって、たかが知れてる。疲れて、お互い、苛々《いらいら》して、喧嘩《けんか》になるのは目に見えてるもの」

「そうかなあ……」

と、純弥は首を振って「君の言う通りかもしれないな」

「もう少し待って」

みゆきは、純弥の頬に手を当てた。「きっとうまく行くから。――ね、我慢して」

「ああ。分かった」

純弥が、みゆきの頭を抱き寄せて、キスした。――このまま、もう一度抱かれたい、とみゆきは思った。

振り切るようにパッと体を起こして、

「行くわ。――じゃ、ゆっくり眠って」

と、ドアの方へ行き、「バイバイ」

と、手を振る。

「今度はいつ――」

「連絡するわ」

みゆきは投げキッスをして、部屋を出た。

廊下を歩いて行き、エレベーターの所まで来た。ボタンを押しておいて、もう一度、セーラー服が乱れていないか確かめる。

母の目は鋭い。女同士は敏感である。

よほど用心してかかる必要があった。――その点、みゆきも母を見ていて、初めて分かるようになった。

母が男と会って来た日は、すぐに分かるのだ。石ケンの匂いが、家のものとは違う。そして何より、雰囲気が違うのだ。

男と会って来たという「空気」が、母の周囲に漂っている。——今の自分も、おそらくそうではないか。

ただ、母は、みゆきが純弥とこうして会っているとは夢にも思っていないから、分からないだけのことなのだ。

用心。用心の上にも、用心だ……。

もう少し——もう少し我慢すれば、何の邪魔もなく、純弥と会うことができる。

ただ、急ぐ必要があった。

みゆきが留学をいやがったせいで、母の方は一層強引になっていた。

学期や学年の変り目を待たずに、アメリカへ行かせようとしている。準備が整い次第、ということらしい。

受け入れ先、向うでの生活の環境など、母はコネをフルに利用して、駆け回っている様子だった。おかげで、みゆきの方はあまり母と顔を合わさなくても済むようになっていたのだが。

エレベーターが来た。みゆきは、ちょっと髪を直して、エレベーターに乗った。

——部屋に残っていた純弥は、みゆきに言われた通り、ベッドでウトウトしていた。

ぐっすり眠り込んでいたら、たぶん少々のことでは目を覚まさなかっただろう。

ドアを叩《たた》く音で、ふっと目を開く。

「何だ。――忘れ物かい？」

てっきり、みゆきだと思っている。それも当然だ。

ベッドを出て、その辺に投げ出してあったズボンを捜した。

「あれ？」

ソファの上に、きちんと純弥の服がたたんであった。――もちろん、みゆきがたたんだのである。

「あいつらしいや……」

と、純弥は呟《つぶや》いて、ともかくパンツとズボンだけ身につけた。

またドアを叩く音。

「今、開けるよ」

純弥は、ドアの方へ歩いて行った。

ウトウトしたので、本当は十分近くたっているのだが、純弥はすぐにみゆきが戻ったのだと思い込んでいた。

「――どうしたんだ？」

と、ドアを開けて、面食らった。

目の前に、いかつい男が二人、立っている。――刑事だ、とすぐに分かった。

「入れ」

と、一人が言った。

「何だよ、おい……」

純弥は、いっぺんに目が覚めてしまった。

「ともかく、服を着なよ」

若い方の刑事が言った。「麻井さん、どうします？」

「俺が話そう」

と、麻井は言った。

若い方の刑事は田口である。

「俺――何もしてないぜ」

と、純弥は言った。

「早く服を着ろ」

と、麻井は言った。

純弥は、あわててシャツを着た。――麻井は、椅子を一つ引張って来ると、腰をおろした。

「ねえ、刑事さん……」

「相手は一七だぞ」

と、麻井は言った。「子供みたいな女の子に、よくこんなことをするもんだな」

「そいつは誤解だよ。彼女だって、ちゃんと承知の上で――」

「そうだろうな」

と、麻井は肯《うなず》いた。「大方、お前と同棲《どうせい》してたモデル上がりの女のことも承知の上だろう」

純弥の顔がこわばった。

「あれは――昔のことだよ」

「あの子は知ってるのか？」

「いいや……」

純弥は肩をすくめて、「済んだことだもの。話すことないと思って」

「ふざけるな！」

麻井が怒鳴りつけると、純弥は思わず手を上げて、殴られるのを防ぐような身ぶりをした。――全く、情けない奴だ。

麻井は無性に腹が立っていた。みゆきのことが、気になっているのである。

「麻井さん」

と、田口が声をかけて、麻井もやっと平静に戻った。

「――ちゃんと分かってるんだ」

と、麻井は言った。「お前が今でも、小づかいをせびりに、その女の所へ行ってるってことがな」

「金がないんだ。しようがないじゃないかよ……」

純弥は口を尖《とが》らして、

「ついでに寝るのもか？」

「だって――ただ、金もらうわけにもいかねえだろう」

「仕方ない、仕方ない、か。――お前らは、何でも他人のせいにして済ましちまうんだからな」

純弥は、ベッドに腰をおろすと、

「何の用だよ？」

と言った。

麻井は、少し間を置いて、

「新谷みゆきとは、時々会ってるのか？」

と訊《き》いた。

「たまにだけど……。お袋さんがうるさくって、出られないんだよ」

「何度目だ？」

「何度目って？」

「一緒に寝るのが、さ」

「ええと――まだそんなじゃないよ。四回目かな」

「初めてはいつだった？」

「たぶん……二か月くらい前」

「彼女、どうだった？」

純弥は苦笑いして、

「どう、って……。ともかく、慣れてないから」

「前に経験してたのか？」

「みゆき？　いいや、俺とのときが正真正銘、初めてだった」

麻井と田口は、顔を見合わせた。

「——確かか？」

「うん。出血してたしな。それに、今にも死にそうなくらい、緊張してた」

「なるほど」

麻井は、少しホッとしていた。

みゆきが、二か月前に初めて男というものを知ったのなら、鳴海のアパートへ訪ねて行っていた女学生は、みゆきではないと考えてもいい。

鳴海との間に何もなかった、ということも、考えられないではないが。

「——色々話すか？」

と、麻井は言った。

「彼女と？——そうだね。あんまり時間がないけど」

「鳴海って名前、彼女から聞いたことは？」

「なるみ？」

『鳴る海』と書くんだ。どうだ、憶《おぼ》えはないか？」

「さあ……」

「刺されて死んだ男だ。駅のホームで、彼女がそばにいた」

「ああ、その話なら聞いたよ。でも、名前まで知らない」

「そのときのこと、聞いた通りに話してみろ」

「そんなに憶えてないけど……」

――純弥の話は、麻井が聞いている、みゆきの話とほぼ同じで、新しいことは一つもなかった。

「その男のこと、それ以外に話したことはないか？」

「さあ。――なかったと思うけど」

「そうか」

麻井は、立ち上がった。

「それだけ？」

「お前は、みゆきをどう思ってるんだ？」

と、麻井は言った。

「俺？　そうだなあ……。可愛いよ。純情だしさ」

「それで？」

「うん……」

「正直に言え。お前が色々やってること、全部つかんでるぞ」

と、田口が口を挟む。

「そうおどかさないでよ」

と、情けない顔になる。「ただ……。みゆきもいい子だけど、思い詰めてんだ。もう、命がけだよ。こっちはちょっと重荷なんだけど」

「そういう子なんだろう」

「うん。――どうせ母親が反対してるから、その内、切れちゃうと思うけど」

いい加減な奴だ、と麻井は苦笑した。

みゆきの方は、真剣にこの男に恋しているのだが、男の方は「真剣になること」が怖いのである。

「ま、近々、うまく行くからって、彼女言ってたけど、どうかな」

と、純弥は首をかしげた。

「うまく行く？」

麻井は、眉《まゆ》を寄せた。「そいつはどういう意味だ？」

「さあ。分かんないよ」

「母親が、少し折れて来たってことか」

「どうかな。とてもそんなこと、ありそうもないよ。ともかく凄《すご》いお袋さんなんだ」

するとうまく行くというのは、どういうことなのだろう？

「二人で逃げようとかいう話は？」

「俺が言ったけど、彼女の方がいやだって」

「ふむ。──それで、『うまく行く』と？」

「そう。どういうことなのか、訊いてみたけど、何も言わないんだ」

「そうか」

麻井は肯いた。「──よし、分かった」

「あの……もう、いいの？」

「ああ」

「でも──どうしてあの子のこと、訊くんだい？」

「お前の知ったことじゃない」

麻井は、ドアを開けると、「いいか、今日のことは彼女に言うなよ」

と、念を押した。

「分かったよ」

麻井に続いて、田口が部屋を出る。ドアを閉めようとする手を止めて、

「あの子はな、殺しの犯人かもしれないんだ。用心しろよ」

と言った。

──ドアが閉ると、純弥は、ポカンとしていたが──。

「殺し？――みゆきが？」

と呟《つぶや》くと、青くなった。

――麻井は、エレベーターの所まで来ると、

「余計なことを言うな」

と、田口をにらんだ。

「すみません」

田口は首をすぼめて、「しかし、あんな小心な奴、ああ言っときゃ、逃げ出しますよ」

「そりゃそうかもしれんが」

「また会ったら、我々のことを新谷みゆきにしゃべるでしょう。追っ払った方が、いいですよ」

理屈だな、と麻井は思った。

しかし、みゆきにとっては、どうか。

結局は、あの子のためになる。――大人が、よく使う言葉だ。

しかし、それはあくまで大人の判断なのだ。そのために傷ついた心までは、大人には見えない。

「――しかし、鳴海のアパートに現われたのは、彼女じゃないようですね」

と、エレベーターの中で、田口が言った。

「そうだな。見当違いだった」

「他に女学生を捜しますか」

「どうやって？——またアパートの聞き込みか。もう無理だろう。それに、みゆきでないとすると、その女学生が鳴海を殺したって可能性も低くなる」

「そうですね」

二人はホテルを出た。

「一つだけ気になるのは、三矢絹子の言葉だよ」

「ええ。——亭主の方は、精神鑑定を受けるようですよ。言うことが、めちゃくちゃらしいです」

「そうか。——子供がいたな」

「二人。親類に預けられているようですよ」

「一緒にか？」

「一人ずつ、別々にです。やっぱり、二人一緒に面倒をみるってのは、大変なんでしょうね」

「一人ずつ、別々か……」

と、麻井は呟くように言った。

「——ただいま」

と、玄関を上がったみゆきは、ちょっと戸惑った。

何だか埃《ほこり》っぽい匂いがしている。

居間を覗《のぞ》き込んで、びっくりした。大きなトランクが開けて置いてあるのだ。どこにしまい込んでいたものか、みゆきは、まるで憶えていなかった。

「あら、お帰りなさい」

と、母が出て来た。

「どうしたの、これ？」

「ずっとしまい込んでたから、少し風に当てないと、と思ったのよ。気持悪くて、使えないでしょ」

みゆきは、その意味を、やっと悟った。

「もう——行くの？」

「月末にね。早い方が、あちらの生活に早く慣れるわ」

尚子は、そう言って、「着替えてらっしゃい。すぐご飯よ」

と、台所へ戻って行った。

みゆきは、しばらく、パカッと口を開けたトランクを見つめていたが、やがて足早に二階へと上がって行った。

——夕食の席は、父も一緒だった。

「最近、早いのね」

と、みゆきは言った。

「うん。不況で、暇になって来た。——いいような、悪いような、だな」

と、新谷は、のんびり言った。

「私たちが向うへ行ったら、お父さん、食事なんかどうするの？」

「なんとかなるさ」

と、新谷は肩をすくめて、「今だって、たいてい外食だからな」

その父の言い方に、気のせいか、みゆきはかすかに解放される喜びのようなものを聞き取った。

「どうだ」

と、父が言った。「みゆきは当分アメリカだし、その前に三人で旅行しないか。久しぶりじゃないか」

「それもいいわね。でも——」

と、尚子は首を振って、「私はだめ。出発まで日がないのよ。買うものだって、山ほどあるし」

「そうか。残念だな」

と、新谷は、本当にがっかりしている様子だ。

みゆきは、ふと思い付いて、

「じゃ、お父さんと二人で行こうかな。——お母さん、構わないでしょ？」

「ああ、そりゃいい」

と、新谷がすぐに応じた。「二人で旅行か。なあ、どうだ?」

尚子は、一瞬ためらっていたが、

「そうね。――じゃ、行ってくれば?」

と、肩をすくめる。「でも、あんまり遠くは無理よ」

「分かってるわ。学校だって休めないし。土日の一泊でも。――ね、お父さん」

「うん。車で行こう。土曜日の午後から。――どこへ行きたい?」

「うーん。すぐには出て来ないや。少し考える」

「ああ。いいじゃないか。お前の好きな所でいい」

「うん」

みゆきは、笑顔で肯《うなず》いた。

――父との旅行。母はここで一人になる。

これがチャンスだ。

みゆきは、また食事に取りかかった。

13　奇妙な夜

「初めまして」

　こんなときは、堂々とふるまうに限るのだ。

　もっとも、鳴海も、こんな事態に出くわしたのは初めてだった。

「鳴海といいます。――佐知子さんに招待されまして」

「ああ……。そうかね」

　田所は、呆気《あっけ》に取られている。

　それは当然だろう。三十代も半ばという男が、娘と一緒に別荘にいたのでは。

「ええと……これが家内だ」

　と、予史子を紹介したりしている。

　どうやら、毒気をぬかれて、腹を立てるとか、怒鳴りつけるという気になれないらしい。鳴海の狙いは当ったわけである。

「どうも」

　と、鳴海が会釈すると、予史子の方は、ただ無表情に頭を下げただけだった。

眺めていた佐知子が、ホッとしたように笑顔になる。

「お父さんたち、夕ご飯まだなの？　じゃ、私、何か温めるわ」

と、佐知子が言うと、

「いえ、私がやります」

予史子が、ぶっきらぼうに言った。「佐知子さんは座っていて」

「だって、ここは私の方が慣れてるもの」

「私は母親だもの。ご飯の仕度をするのは母親の仕事よ」

二人がやり合うのを見て、

「おい、そうこじれるなよ。二人でやりゃいいじゃないか」

と、田所が、うんざりしたように言った。

「あなた」

と、予史子が言った。「佐知子さんに手を出さないようにおっしゃって」

「何よ、大きな顔して！」

と、佐知子の方も頭に来たようだ。

「おい、佐知子。お前も――ちょっと手伝うぐらいにしときゃいいじゃないか」

「手伝うったって――」

と、予史子がチラリと佐知子へ冷ややかな目を向けて、「何もできないんじゃありませんか。せいぜい、電子レンジで冷凍食品を温めるくらいでしょ」

「何よ、その言い方！」

一触即発、というところだ。

「まあ、落ち着いて」

と、鳴海が間に入った。「佐知子、君はもう食事も済んだんだ。お母さんがご主人の食事を作る。それには手を出さない方がいいよ」

佐知子は、ちょっと口を尖《とが》らしたが、

「分かったわ」

と、肩をすくめ、「二階に行ってる！」

と、居間を出て行ってしまった。

予史子の方は、

「じゃ、二人分でよろしいんですね」

と言って、台所へ入って行った。

「――やれやれ」

田所は、ホッとした様子で鳴海の方を向くと、「いや、ありがとう。おかげで何とかおさまった」

と、笑った。

「いえ……」

「かけたまえ。一杯やるか」

「いただきましょう」

「ウィスキー？」

「水割りで。あまり強くないので」

——田所は自分と鳴海のグラスを手にしてやって来ると、

「さあ。——乾杯しよう」

「乾杯ですか」

「佐知子が女になったからさ。もう当然、そうなっとるんだろう？」

鳴海は、ちょっと目を伏せて、

「はあ。——申し訳ありません」

「いや。今の子はあれぐらいの年齢なら、もう大人だ。仕方ないよ」

と、田所もソファに座って、「まあ、このところ、どうも様子がおかしいとは思ってたんだ」

案の定、言い出した。鳴海は内心ニヤリと笑った。

「さすがに父親ですね」

と、持ち上げてやると、

「うん。娘ってのは特別だからな」

と、田所は満足気である。「君は——いくつだ」

「三七です」

「二十も違うのか。しかし若いね」

「そうですか」

「私と一回り近くも離れてるんだな。見た目はもっと若い」

「あなたも、とてもそうは見えませんよ」

と、鳴海はかなり無理をした。

「自由業かね」

「ええ。よくお分かりですね」

「独特の雰囲気があるよ。——イラストレーターとか、そんなものかね?」

こればかりは本当のことを言うわけにいかない。

「色々なイベントのアレンジをやっています」

何だか自分でもよく分からない説明だ。

「ああ、なるほど。大変だね、なかなか」

田所の言葉に、吹き出しそうになるのを何とかこらえて、

「ええ、おかげさまで何とかやっています」

わけの分からない対話は、まだしばらく続いた。

「——あなた。食事の仕度が」

と、予史子が入って来る。

「そうか。君は——何といったかな」

「鳴海です」

「そう。鳴海君だったね。もう食事は？　じゃ、佐知子の所にでも行ってやっててくれ。ともかく、一人っ子なので、我ままで困るんだよ」

「はあ」

「じゃ、また後で」

と、田所は食堂へ歩いて行った。

予史子が、鳴海の方を振り返る。

「——佐知子さんの部屋は、どこです？」

と、鳴海が訊《き》く。

「ご案内しますわ」

と、予史子が階段の方へと歩き出した。

鳴海はそれについて行く。

階段を上がりかけた所で、予史子は振り返った。

「あなた、これは——」

「しっ！」

と、鳴海は抑えて、「聞かれるよ。今はまずい」

「——分かったわ」

予史子は息をついて、「それじゃ、どうぞ」

と、また階段を上がり始めた。

「傑作だった！　あの父の顔！」

ベッドに寝転がった佐知子が、クスクス笑いながら、「——大分、話が弾んだみたいだったわね」

「聞いてたのか？」

「少しね。階段の途中まで下りて行ったの。あなたって口がうまいのね」

「必死だよ。殴られちゃかなわないからね」

と、鳴海は苦笑した。

「感心しちゃった。あんなにうまく切り抜けるなんて」

「冷汗をかいたんだぞ」

「そう？——ご苦労さま」

佐知子は、ベッドから出て来ると、布ばりのデッキチェアに腰をおろした鳴海へとキスした。

「今夜は別々に寝た方がよさそうだ」

と、鳴海が言った。

「あら、でも、父は承知してるんでしょ？」

「それでも、あまり刺激しない方がいいよ」

「そう？　つまんないな」

と、佐知子は口を尖らした。

「無事にすんだだけでも見つけもんさ」

「あ！」

と、佐知子が鳴海をにらむ。「さては！」

「何だい？」

「あの女の所へ行くんでしょ」

「まさか！　君のお父さんが一緒だぞ。それこそ夫婦なんだ。あっちは何の遠慮もなく、一緒に寝られる」

「でも——変な具合になっちゃったわね」

と、佐知子はベッドに座ると、ウーンと両手を上に伸ばした。

「全くだ。これじゃ、後がやりにくい」

——もちろん鳴海とて、こんな商売をしていると、何かと思いがけない事態に出くわすことが、ないでもない。

しかし、こんなにややこしいことは初めてである。

「あの人、どう思ってるかしら」

「さあね……」

鳴海も、それが気になっていた。——鳴海が裏切った、と予史子が受け取るか。それとも、夫を殺してほしいと頼んだので、鳴海が佐知子に近づいた、と取るか。

しかし、田所を殺すことと、佐知子に近づくことは、どうもうまくつながらない。

こいつは、やはりうまくない。

やめるべきだ、と鳴海は思った。ここは仕方ない、何とかうまく切り抜けて、東京へ戻ったら、この二人から手を引こう。

鳴海はそう決心した。

「──何を考えてるの？」

佐知子が、ベッドに仰向けになって、シャツをまくり上げた。

「おい──」

「大丈夫よ。今まだ食事中でしょ？」

「危いよ」

「だって、夜は別々なんだもの。──つまんないわ。ね？」

やれやれ……。

苦笑しながら、誘いに乗ってしまう方も悪い。──しかし、これが最後になるだろうと思うと、確かにもう一度抱いておきたいような気もしていたのである。

だが──早い内でよかった。

何かドスン、という音がした。──下である。

「何だろう？」

鳴海は顔を上げた。

「お茶碗《ちゃわん》でも落としたんじゃない?」

と、佐知子は大して気にしていない様子。「ねえ、早く――」

「いや、待てよ」

鳴海は、その音を思い出していた。――仕事柄、物音には敏感だ。

「あれは人の倒れた音だ」

「まさか」

「いや、本当だ」

鳴海は起き上がって、「見て来る」

と、ドアの方へ急いだ。

「私も行く!」

佐知子がシャツを引張りながら、飛び起きて来た。

階段を足早に下りて居間へ入ると、鳴海は足を止めた。

「おお、君か」

田所が振り向く。「上まで聞こえたかね。邪魔してすまんね」

大分、酔っていた。

「お父さん……」

と、入って来た佐知子が、目をみはる。

予史子が倒れていた。——仰向けに倒れて動かない。

「どうしたんです？」

鳴海は、急いで予史子の方へ駆け寄って、しゃがみ込んだ。——予史子の頬に、赤い手の跡が残っている。

「殴ったんですね」

「ああ。そしたら、呆気《あっけ》なく気絶した。——だらしのない奴だ」

「一体どうしたの？」

と、佐知子が訊いた。

「他の男とできてたのさ」

鳴海は、ギクリとした。——あの遊園地で二人を見たという知人が、告げ口をしたのだろうか？

「この人が？」

「そう。——おい、佐知子、お前は知らんでいい」

「もう聞いちゃったわよ」

佐知子は、しかしやはり女同士なのか、倒れた予史子の方が気になるらしかった。

「——どう？」

「うん」

鳴海は、予史子の脈を取っていた。「大丈夫。気を失ってるんだ。ソファに運ぼう」

「手伝うわ」

二人して、予史子をソファへ寝かせた。

「――タオルを濡《ぬ》らして持ってきてくれ」

と、鳴海は言った。

「うん」

佐知子がバスルームの方へと走って行く。

鳴海が、予史子の顔に手を当てていると、いつの間にか田所がそばに来て立っていた。

「――大丈夫そうかね」

と、少し心配そうな声を出す。

「ええ。しかし、かなり派手に殴ったもんですね」

「気絶したふりをしているのかと思ったんだよ……。そんなに強く殴ったつもりはなかった」

「あなたは酔っていたんでしょう。酔うと、力の加減が分からなくなるもんです」

「そう……かね」

酔いも少しさめてしまったらしい。田所は急に気弱な様子になり、ソファにくたびれたように腰をおろした。

「持って来たわ」

と、佐知子がタオルを広げながら、戻って来た。

濡れた冷たいタオルを額に当ててやると、予史子の瞼《まぶた》が、かすかに震えた。赤くなった頬へタオルを当てると、痛いのか、ちょっと顔をしかめる。

「――お父さん」

と、佐知子は言った。「下手したら、殺すところよ」

「うん……。すまん」

「馬鹿らしい！　この女《ひと》を殺して、刑務所へ行くつもり？」

「つい、カッとなってな」

「だから言ったでしょ、私が。そういう人なのよ」

「――よく考える」

と、田所は言った。

「そうしてちょうだい。私、いやよ。お父さんが先に死んで、この人と二人で取り残されるなんて」

それだけ言うと、佐知子はさっさと居間を出て行った。

田所が鳴海を見て、ふと苦笑いした。

「気が強くてね。――言いたいことをポンポン言うんだ」

と、ため息をつく。「親に遠慮ってものをしない」

「子供なんて、そんなものでしょう」

鳴海が珍しく、教訓めいたセリフを吐いた。「ともかく、後はもう少し寝かしておけば——」

「病院へ運ばなくても大丈夫かね」

「よく分かりませんがね。——倒れたときに、頭でも強く打ちましたか？」

「いや、特別に……。そのカーペットの上に倒れたから」

「じゃ、大丈夫でしょう。あんまり長く意識が戻らないようなら……」

「すまんね。すっかり手間をかけてしまった」

「いや。別に……。大丈夫ですか、田所さんは」

「私？——私は何でもない」

そうはとても見えなかった。——鳴海は意外な思いで、田所を見ていた。

すっかり打ちのめされているようだ。あの喫茶店で初めて見かけたときの、あの自分勝手な、しかし自信に溢《あふ》れた田所とは別人のようだった。

「——私はもう若くない」

と、田所は言った。

「まだ五十前じゃありませんか」

「しかし、予史子は三四だよ。それに私は疲れている。——年中、仕事で外国を駆け回って、はた目には、タフなビジネスマンに見えるかもしれんがね」

田所は髪へ手をやった。「これも染めているんだ。もう大分白くなっているんだよ……」

鳴海は動くに動けず、ソファに腰をおろした。――他人の独白を聞くのは、趣味でない。

「三十代――君ぐらいのころは、本当に一睡もせずにニューヨークへ飛んで、飛行機の中で資料を読み漁《あさ》り、向うへ着くなり一日中駆け回ったもんだ」

鳴海は肯《うなず》いた。そうするしかあるまい。

「だが、もうだめだ」

田所は深々と息をついた。「四十代も後半になって、体に無理もきかなくなる。それに――友だちで、死ぬ奴が出て来る。これがショックだよ」

「なるほど」

「そのショックを、表には出せないで、平気な顔で仕事をする。――しかし、飛行機の中で眠れないと、次の日は仕事にならない。徹夜すれば、三日はボーッとしている。情けない話だ」

「誰だって年齢《とし》は取りますよ」

「うん……。睡眠薬を使い始めた。この二年ほどだ。――量も段々ふえて来た」

「ストレス解消は？」

「何もない」

と、肩をすくめる。「仕事一筋。――今思うと馬鹿な話だが、それが充実した人生だと思っていたんだからな……。全く、お話にならん」

「たいていの人間はそんなもんですよ」

「うん……。そうかもしれんな」

田所は、呟《つぶや》くように言って、立ち上がった。「君……。何といったっけね」

「鳴海です」

「ああ、そうだ。鳴海君か。——どうだ、女房は？」

「はあ？」

「なかなか可愛いだろう」

「ええ……。きれいな奥さんですね。大事にしなくちゃ」

「全くだ。——殴って悪いことをしたよ」

と、肩を落とす。「君、もし良かったら……」

「何です？」

「今夜、家内と寝てやってくれないかね？」

これには、鳴海もびっくりした。田所もすぐ気付いたらしく、

「ああ——いや、すまん。妙な話をして。そうだった。佐知子の奴が怒るな、そんなことをしたら」

と、笑って、「いや——どうも睡眠薬のせいか、最近は予史子と寝ても、どうもだめでね。こいつが浮気したくなるのも分かるんだよ。——じゃ、先に休ませてもらう」

「どうぞ。もう少し、奥さんの様子を見ていましょう」

「そうか？　いや、すまんね」

田所は、居間を出て行った。その後ろ姿は急に老け込んで見えた。

予史子が、かすかに声を立てた。しかし、まだ意識を取り戻してはいないようだ。

やれやれだ……。

田所も、哀れなものだ。あの自信に満ちた態度は、虚勢に過ぎなかったのだろう。

内心では、自分の衰えをいかにして悟られないかとヒヤヒヤしていた。——それが、
予史子の浮気を知って、この暴力になったのだ。

エリートなんてものも、結構大変なものなんだな、と鳴海は思った。

——少しして、佐知子が入って来た。

「どう？」

「気になるのか」

「まあね……」

佐知子は、コーヒーカップを手にしていた。「これ、持って来た」

「やあ、ありがたい」

鳴海はカップを受けとった。「親父さんは？」

「寝たみたい」

「そうか。大分参ってたようだ」

「そうね。——父ももう年齢《とし》なんだな」

「子供には分からない辛《つら》さがあるのさ」

「分かったようなこと言ってる」

と、佐知子は笑った。

「──君も寝たらどうだ？」

鳴海はコーヒーをゆっくりと飲んだ。

「うん……。あなたは？」

「もう少しそばにいるよ」

「浮気しちゃだめよ」

「よせよ」

と、鳴海は苦笑した。

「──じゃ、私、先に寝る」

「ああ。おやすみ」

「おやすみなさい」

佐知子は鳴海の頬にキスして、歩いて行く。

「──おい」

「ん？　なあに？」

「コーヒー、少し苦いぞ」

「そう？　考え過ぎなのよ」

そう言って佐知子は微笑むと、居間を出て行った。

鳴海はソファにゆっくりと身を任せて、まだ気を失っている予史子を眺めていた。

——まあ、これで佐知子も、この継母を殺す気をなくすかもしれない。

そうなれば——そして、田所も虚勢を張らずに、もっと素直に妻に安らぎを求めれば、この三人の家族は、やり直せるかもしれない。

「——何とね！」

と、鳴海はコーヒーを飲み干して、呟いた。「殺し屋が人生相談をやっちまったぜ！」


どこかでベルが鳴った。——ハッと鳴海は目を覚ました。

何だ？　どうしたんだ？

頭を振って、周囲を見回す。

「そうか……。ここは田所の別荘だったっけ……」

思い出した。予史子が田所に殴られて、気を失い、鳴海はそのそばについていたのだ。

居間のソファに座ったまま、眠ってしまったらしい。

ソファの上には、もう予史子の姿はなかった。——それはそうだろう。

もう朝になっている。居間にも、カーテンを通して明るい光が射し込んでいた。

「——一人ぼっちで寝てたのか……」

あのベルは？——電話かな。

しかし、もう鳴っていない。

鳴海は立ち上がって、少しめまいがした。

――妙に頭が重い。変な姿勢で寝ていたせいだろうか。

「――みんなまだ寝てるのかな」

と呟いて、居間を出た。

時計は九時を少し回っている。――みんな二階か。

鳴海は、階段を上りながら、大欠伸《あくび》をした。予史子も、どうということはなかったのだろう。

佐知子の部屋へ行ってみよう。

ドアをかるくノックする。――もっとも若い子は、こんな音では起きないかもしれない。別に、入って行ってまずいこともあるまい。

「――おい、起きろよ」

と、ドアを開けて言ったが……。

ベッドには誰もいなかった。寝た跡もないのだ。

カバーがきっちりとかかっていて、まるで誰も来ていないかのようだ。

「変だな」

帰ったのか？　それにしても、俺を置いて行くってことは……。

廊下へ出て、

「おい！──どこだ？」

と、声をかけてみる。

しかし、どこからも返事はなかった。

鳴海は、他のドアを開けてみた。──来客用らしい部屋は、もう長いこと使っていないように白い布で覆われている。

夫婦の寝室は、どうやら広い両開きのドアらしい。ためらうこともなく、鳴海はドアを開けた。

カーテンが閉って、中は薄暗い。鳴海は窓の方へ行って、カーテンを開けた。

ベッドの方へ目をやると、田所の姿が見えた。一人で寝ている。隣に、予史子の姿はない。

田所はパジャマ姿だった。寝ているから当然のことだが、当然でないのは、その胸に広がっている、赤いしみだった。

鳴海は、ベッドへ歩み寄った。──足下に、鋭いナイフ。

田所は、眠ったまま安らかに死んだわけでもないらしい。目は大きく見開かれ、指が虚空をつかんだ形のまま、硬直している。

刺し殺したのだ。──誰が？

鳴海は、呆然《ぼうぜん》としばらく突っ立っていた。

森の静けさを、車の音がかき乱すのが耳に入って、鳴海はハッと我に返った。

窓へ駆け寄り、その端から顔を出して、外の様子をうかがう。

パトカーが、裏手にも回っている。警官が三、四人、足音を忍ばせて、建物の方へ近付いて来た。

鳴海は、顔から血の気が引くのを覚えた。

——畜生！

今はともかく、逃げるしかない。

階段を駆け下りようとすると、玄関の戸を激しく叩《たた》く音がした。壊そうとしている！

しかし、玄関のドアは意外に丈夫だった。

鳴海は、ほとんど何も考えず、とっさに一階へ下りて、横の方の窓に椅子を一つ、叩きつけた。

ガラスが砕ける。——同時に鳴海は、きびすを返して、二階へと駆け上がっていた。

もう一度寝室に飛び込み、窓を開ける。

警官たちが下の、壊れた窓へと駆けつけている。鳴海は、思い切って飛び下りた。

幸い、足も挫《くじ》かなかった。——ほんの何秒かの空白だったろう。

鳴海は、森の中へと駆け込んだ。木の枝に打たれ、引っかかれ、根につまずき、転びながら、ただ必死で森の中を走り続けた……。

14 交錯

「お父さん――」

と、みゆきは言った。「お父さん」

新谷が、ふっと我に返って、

「ん？　ああ――いや、ごめん」

と、笑顔を作った。

「何だか変ね。ぼんやりしてる」

「いや、考えごとをしてたんだ。――何か話があるのか？」

みゆきは首を振った。

「そうか……」

新谷は、空になった皿を見下ろして、「あと、もう一つ、何かデザートを取ったらどうだ？」

「もうお腹一杯よ」

と、みゆきは笑った。

「そうか」

――二人は、小さな湖を見下ろす、ホテルのレストランに入っていた。

車で一時間ほどのドライブ。――父はもっと遠くでもいい、と言ったのだが、みゆきが、

「それじゃ、ドライブだけでくたびれちゃうよ」

と言ったのだった。

土曜日の午後からだ。このホテルへ入ったときはもう夜になっていた。

二人でツインルームを取って、泊ることにした。

「――だめだな」

と、新谷が、呟《つぶや》くように言った。

「え？」

紅茶を飲んでいたみゆきは、顔を上げた。「何がだめなの、お父さん？」

「うん……。久しぶりに、こうやって、みゆきと二人で出かけてきたのに、こうやって食事をしてても、話すことがない。――だめな父親だ」

「そんなこと……。私、楽しいわ」

と、みゆきは言った。

「そうか？」

「うん」

新谷が、少しホッとしたように、笑顔になる。

「――三人で一緒だと、もっと良かったのにな」

「しょうがないわ。お母さん、忙しいんだもの」

「ああ……。お前も、寂しいだろう。お父さんもお母さんも、ろくにお前のことに構ってやらなかった」

「そんなことないよ。――一人だと、それはそれで面白いこともあるし」

「お母さんも、昔からああだったわけじゃないんだが……」

新谷は、遠くの灯に目をやった。

窓際のテーブルなので、横を向くと、遠く広がる夜景と、そこにぼんやりと映る自分の顔が見えた。

みゆきは、田所佐知子の笑顔を思い浮かべた。――みゆきの肩を、軽く叩いて、

「任せておいて。あなたのためなら、それぐらい簡単だわ」

「でも……。本当に大丈夫?」

「心配いらないわ。あなたは遠くのホテルにお父さんと二人。――一人で留守番していた母親が、泥棒に入られて、殺される。よくある話よ」

「あなたがやるの?」

「もちろん」

と、佐知子は平然と言った。「私のこと、あなたのお母さん、信用し切っているわ」

「そうね」

「夜遅くでも、訪ねて行けば、喜んで入れてくれるわよ」

確かにその通りだ。

しかし、みゆきの中に、まだためらいがあったことは事実だった。

「彼との生活を考えるのよ。誰にも邪魔されずに会えるわ」

と、佐知子は言った。

そうだ。――純弥との生活。もう母に見張られて、びくびくしながら会う必要はなくなるんだ。

みゆきは、ひたすら、母を憎いと思った時のことを思い出そうとした。

母が、若い男とホテルへ行っていることも、考えた。――そうだ。どうなったって、母の自業自得なんだ。

もう、今さらやめられない。

遠い灯を眺めながら、みゆきは思った。今さら、佐知子を止めることはできないのだ……。

「みゆき」

と、父が言った。

「うん？」

「お前……。何とかいう男の子と、付合ってるのか？」

「牧野純弥？」

「そうだ。——好きなのか」

「うん」

みゆきは、ちょっと目を伏せた。「好きなの」

「そうか。いいなあ、若いってことは」

新谷は肯《うなず》いて、「お前、その男と——寝たんだろ？」

みゆきはびっくりして顔を上げた。

「いいんだ。分かってる。いつか、お前の顔を見て、分かったよ。帰って来たときの」

「お父さん——」

「若い内は、そんなこともあるさ。しかし、自分の体を大事にしろよ」

父のそんな言葉を、みゆきは初めて聞いた。それに、父が自分と純弥とのことに気付いていたのも、思いがけない話だった。

「お父さん……。心配かけて、ごめん」

と、みゆきは言った。「でも——真剣なのよ。本当よ。彼も愛してくれてる」

「そうか。お前は、小さいころから、真面目すぎるくらい真面目な子だった」

と、新谷は微笑した。

「きっとお父さんに似たのよ」

みゆきの言葉で、二人は一緒に笑った。

「――お父さん……」

と、みゆきは言った。「お母さん、浮気してるわ」

なぜこんなことを言い出したのか、自分でもよく分からなかった。

しかし、父が、

「うん。知ってる」

と、肯いたのは、意外だった。

「お父さん……」

「分かるよ。――夫婦だからな」

と、新谷は肩をすくめた。「いつも同じ部屋で寝てるんだ。お母さんの寝言も、耳に入るし……」

みゆきは、目を伏せて、

「なぜ黙ってるの？」

と、言った。「どうして、お母さんと正面から話し合わないの」

「うん……。むずかしいな」

「夫婦でしょう。――愛し合っていないのなら、別れるべきだわ」

少し強い口調で、みゆきは言って、「――ごめんなさい。別に怒ってるわけじゃないんだけど……。私だって、純弥君とホテルへ行ったんだから」

「高かったか？」

「え？」

「小づかい、足りたのか」

「変なこと心配して」

と、みゆきは笑った。

「そうだな」

「お父さんは、あんなホテルなんて、知らないんでしょう？」

と、ぬるくなった紅茶を、ゆっくりと飲み干す。「真面目人間だものね」

「――知ってる」

「うそ」

と、つい反射的に、「お父さん――それじゃ……」

「ああ。お父さんも浮気してるのさ」

みゆきは、愕然《がくぜん》とした。――あり得ないことではないと思っても、信じられなかった。

「誰と？」

「会社の、若い女の子だ。二四、五、かな……」

新谷は、外の夜景へ目をやった。「どっちが先だったのかな。――たぶん、お母さんにも分からないだろう。お互い、相手のいることは、ずっと前から知っているんだよ」

「それで――でも、それなのに、どうして毎日平気で顔を合わせていられるの？」

「信じられないだろうな、お前には」

「私のために、二人とも我慢してる、なんて言わないでね。口実にされるの、ごめんだわ、私」

「ああ、分かってる。――二人とも、もし話し合えば、たぶん、お前のことを引き合いに出すだろうな。しかし、お前がそれをいやがるのは、分かってるよ」

「じゃ……二人とも、恋人がいるのね。ただの――遊び相手なの？　向うもそう思ってるの？」

「いや……。彼女は真剣だ。結婚したいと言ってる」

「お父さんは、どうするつもりなの？　お金をあげて、別れるの？」

「分からない」

新谷は首を振った。「考えてるんだ。――お前とお母さんがアメリカへ行ったら、その間に、ゆっくり考えたい」

アメリカへは行かないのよ。みゆきは心の中で言った。――お母さんは、今夜死ぬんだから！

「――忙しすぎたからな」

と、新谷は、独り言のように呟《つぶや》いた。「毎日、帰りは夜中で、休日も出勤。お母さんも寂しかったんだ」

――私だって。私だって、寂しかったわ。

二人は言葉もなく、遠い夜の奥の小さないくつかの灯を眺めて、しばらく座っていた……。

目を閉じて、静かに息をついていたが、もちろん、みゆきは眠ったわけではなかった。眠れるわけがない。——今、この瞬間にも、田所佐知子が母を殺しているかもしれないというのに。

——父の話が、さらにみゆきの中に波紋を広げていた。

父も母も、それぞれに楽しんでいたのかもしれない。そう思った。

しかし——もう手遅れだ。

ふと、父の起き上がる気配があった。

みゆきは、目を閉じたまま、眠ったふりをしていた。

父がベッドから出る。トイレにでも行くのか、と思った。

そして、父がみゆきのベッドの方へ近付いて来た。父が、みゆきの上にかがみ込んで、様子を見ているのを感じた。

目を開けて、声をかけようかと思ったが、そのとき父が離れて行った。

が、父は、トイレに行くのでも、ベッドに戻るのでもなかった。洋服ダンスの戸を、そっと開ける音がしたのだ。

何をしているんだろう？　みゆきは、いぶかしげに、じっと耳を澄ましていた。

カチカチと、ハンガーの揺れる音。服を外している。服を着ているのだ。こんな時間に……。

どこへ出かけようとしているのだろう？

みゆきを起こすまいと気をつかって、ゆっくり服を着ているのだが、もともと少し無器用な方だ。ストン、と何かを落っことしたりして、その度に、みゆきが目を覚まさないかと様子をうかがっている。

――やっと服を着終えたらしい。

ドアが静かに開いて、廊下の光が部屋の中へ射し込んで来る。

カチャリ、と音がしてドアが閉ると、みゆきは起き上がった。

時計を見る。――もうすぐ午前0時になるところだ。こんな時間に、どこへ行くんだろう？

漠然と、よく理由の分からない不安が、みゆきの心に広がっていた。

父の様子、そして夕食の後の父の話……。

父は、思いもよらないようなことは決してしない人だ。だからこそ、こんな時間に部屋を出てどこへ行くのか。それが心配だった。

みゆきは、長くためらってはいなかった。

明りを点《つ》けると、手早くパジャマを脱いで、服を着た。

部屋のキーは、もちろん父が持って出ている。

みゆきは、部屋を出た。

都心のホテルなら、深夜まで営業しているバーもあるかもしれないが、こういうリゾート地のホテルは、せいぜい十時か十一時で、何もかも閉ってしまう。

廊下を歩いて行くと、どのドアからか、愛し合う男女の声が洩《も》れて来る。――私も、あんな風に声を出したのだろうか。

みゆきは、カッと頬が熱くなった。

エレベーターを呼ぼうとしてボタンを押す。

エレベーターは地下まで下っていた。

父が乗って下りたのだろうか。もしそうなら……。地下の駐車場？

車で、どこかへ出かけるのかしら？

しかし、なぜ夜中に、みゆきに知られたくないかのように、こっそりと出かけるのだろう？

――ともかく、地下一階へと下りてみることにした。

駐車場は、ガランとして、半分ほどのスペースに車が入っていた。父と着いたとき、どこへ車を入れたかしら？

そう……。あそこが入口。――こう入って来て……。

一風変った、ワゴン風の車が、目に入った。

そう！　あの車のすぐ向うだ。

みゆきは、足音を響かせながら、走って行った。――そのスペースは、空になっていた。

やはり、やはり出て行ったのだ。

さっき話していた「恋人」のところへ行ったのだろうか？

しかし、わざわざこんな所から？——会社の女の子だというから、どこに住んでいるにしても、そう近くはないはずだ。

でなければ、どこへ……。

みゆきは、ある想像が胸の内でふくらんで来るのを、感じていた。

まさか！——まさか、とは思うが……。

——みゆきは、エレベーターへと駆け戻って、一階に出た。

フロントも、夜中には人がいない。ベルを押すと出て来るようになっているのである。

みゆきは、どうしたものか、迷った。

ちょうど、ホテルの正面に車が着いた。

タクシーだ。少し酔っているらしい男女が降りて来て、肩を組んで歩いて来る。

みゆきはほとんど無意識の内に、ホテルから走り出ていた。

「——すみません！」

と、タクシーの運転手に声をかける。

「何だい？」

と、初老の運転手は目をパチクリさせて、みゆきを見た。

「都内まで、行ってもらえませんか」

と、みゆきは言った。

「今日はそろそろ終わりにしようと思ってるんだけどね」

「お願いします。急用で」

運転手は、笑顔になると、

「いいよ。じゃ、乗りな」

と言った。

「ありがとう！」

みゆきは後ろの座席に、飛び込むように乗った。

TVを見ている内に、ウトウトしてしまったらしい。

尚子は、ガクッと頭が前に垂れて、ハッと目を覚ました。

「あら、いやだ……」

TVは点けっ放し。何だか、わけの分からないロックのビデオか何かをやっている。

「もう、こんな時間……」

尚子は立ち上がって、伸びをした。

夫とみゆきは、もうとっくに眠っているだろう。

「こっちものんびりだわ……」

と呟《つぶや》きかけたとき、電話が鳴り出したのだ。「あら」みゆきかしら。――それにしても……。

こんな時間にかけて来るなんて、思い当らないけど――。

電話は、鳴り続けている。

「――はい」

と、少し用心して、こっちの名は言わなかった。「もしもし？」

「新谷さんのお宅ですか」

「ええ……」

「こんな時間に、申し訳ありません。田所佐知子です」

「まあ、田所さん。――みゆき、今日は旅行に出ているんですよ」

「知っています」

と、田所佐知子は言った。「実は、みゆきさんのことで、お話があるんです。これからうかがってよろしいでしょうか」

「これから？」

尚子はびっくりした。

「ご迷惑とは思いますけど、大事な用件なんです」

田所佐知子の話し方は、はっきりとして、曖昧《あいまい》さがない。尚子も佐知子を信頼していた。

あの子が、「大事な用」だというのなら、間違いあるまい。こんな時間に来たいというのだから、よほど緊急の用なのかもしれない……。

「分かりましたわ」

と、尚子は言った。「何時ごろ、おいでになる？」

「一時間ほどしましたら……。構いませんでしょうか」

「ええ、もちろん。どうせ起きていますから。じゃ、お待ちしていますわ」

「恐れ入ります」

と、田所佐知子は、電話を切った。

「一時間、ね……」

大分遅くなってしまうが、尚子も今の電話で目が覚めてしまった。

じゃ、何か出すものを……。お菓子か何かあったかしら？

そうだわ。ともかく、お湯を沸かして、紅茶でもいれられるようにしておかないと。

一時間あるのだから、そうあわてることもないけど……。

もちろん、尚子は知らなかったのだ。田所佐知子が、この家からほんの十分ほどのところから電話して来たのだということを。

佐知子も、一仕事しなくてはならなかったのである。

——一時間はかからなかった。

五十分ほどして、玄関のチャイムが鳴った。

「——はい」

と、尚子が玄関へ出て行く。

「田所です」

ドア越しに声が聞こえた。本当に、はきはきした口のきき方をする子だわ、と、尚子は思った。

「——まあ、どうも、わざわざすみませんね。上がって下さい」

尚子は、佐知子を居間へ通した。

「——どうぞお構いなく」

と、佐知子は、尚子が紅茶やクッキーを出してくれると、恐縮した様子で言った。

「本当にいつも、みゆきがお世話になって……」

尚子は、やっと自分もソファに落ちついて、「それで——お話というのは？」

「みゆきさんのことです。今、ご旅行ですか？」

「ええ。主人と二人で。今度アメリカへ行くことになって。みゆきからお聞きに？」

「ええ」

と、佐知子は肯《うなず》いたが、「でも、みゆきさん、アメリカには行かないつもりのようですわ」

「まあ。あの子ったら、まだそんなことを言ってるのかしら。——ともかく、何としてもやらせますわ。あの子のためですもの」

と、尚子はきっぱりと言った。

「私も、みゆきさんにそう言ったんです。お母さんも、あなたのためを思って、色々やって下さっているのだから、と」

「そうなんですの。でも――分かってはくれませんわ」

「きっと、後で感謝されますわ」

と、佐知子は言った。

「そうでしょうか。――そうなるといいんですけどね」

「ただ……」

と、佐知子が眉《まゆ》をくもらせて、「心配なのは、みゆきさん、暴走族にいた男の子と、まだ会っているようなんです」

尚子が顔をこわばらせた。

「まあ、あの子……。目を光らしているつもりでしたのに」

「私と会って、その帰りに、どこかで会っているようなんです。短い時間でしょうけど、きっとそうだと思います」

「あの男！――今度こそ許さないわ。警察へ届けて、刑務所へでもどこへでも、入れてもらいます」

「それより簡単なのは、お金で話をつけることだと思います」

「――お金？」

「ええ。お金を少しやって、別れてくれと言えば、きっとそんな男の子、さっさと手を切りますわ」

「お金ねえ……」

「みゆきさんも、その男の子に失望して、お母さんの言うことを聞くようになります。無理に引き離そうとしたら、却《かえ》って、その子を美化するだけですわ」

尚子は、ゆっくりと肯いた。

「本当だわ。──いいことをおっしゃって下さって……。本当にそうね。少々のお金で、みゆきが諦《あきら》めてくれれば……」

「私、心配になったんです」

と、佐知子は身を乗り出して、「今日、本当にお父さんと出かけているんですか？」

尚子は戸惑って、

「それはどういう……」

「もしかして、その男の子と、どこかで会っているんじゃないかと思って」

「まさか」

と、尚子は、ちょっと笑顔を作った。「主人の運転する車で行ったんですから」

「でも、お父さんは、みゆきさんに甘いんじゃありませんか？」

「それは──そうですけど」

尚子は、不安になって来た。「でも……。ホテルへ電話してみようかしら」

「その方がいいと思います。みゆきさん、今日の旅行、凄《すご》く楽しそうにしてたんです。ただのお父さんとの旅行にしては、ちょっとおかしいな、と思っていたんです」

「もしかして主人が……」

尚子も、夫が浮気していることは知っている。──もしかすると、夫とみゆき、二人して向うで「恋人」に会っているのかもしれない。

「電話してみますわ」

と、尚子は立ち上がると、電話の所へと急いだ。「番号は控えてあったわ……」

メモを見て、プッシュホンのボタンを押す。

──しかし、ウンともスンとも言わないのだ。

「おかしいわ」

一旦《いったん》、受話器を戻して、もう一度取ってみる。

「どうしました？」

と、佐知子がやって来た。

「発信音が聞こえないみたい……。故障かしら」

「変ですね」

当然だ。──佐知子が外の電話線を切ったのである。

「おかしいわ」

尚子は首を振った。──佐知子は尚子の背後に忍び寄ると、隠していたナイフをしっ

かりと握って、

「もう一度やってみたらいかがですか？」

「ええ、そうね……」

佐知子は、尚子の背中を正面に見て、ナイフを振りかざした……。

15　裏側の女

「今度は、うまくやれよ」

と、電話の向うの声は言った。

「大丈夫です」

と、鳴海は答えたが、向うが聞いていたかどうか。

電話はすぐに切れた。

ツイてない……。全く、ツイてないことばかりだ。

寒い日だった。——電話ボックスを出ると、震え上がりそうになる。

この一か月近く、散々つけ回し、追い回した相手が、いざ殺そうというときに、勝手に発作を起こして死んでしまったのである。——全く、「勝手に」という感じだ。

おかげで、依頼人は当然のことながら、払ってくれない。一応、かかった経費ぐらいは出すかもしれないが、それも怪しいものだ。

ともかく、鳴海にとっては、一か月分の仕事がタダ働きに終わってしまったのである。やり切れない気分だった。

ボスの方は、鳴海がもっと手早くやっていれば、ちゃんと商売になったのに、と不満なのである。しかし、殺す相手がいつ発作を起こして死ぬかなんてことまで、鳴海には分からない。

「――何か食って行くか」

この寒空に空《す》きっ腹では、ますます惨めな気分になるばかりだ。

鳴海は、少し若い者向けのレストランに入った。少々ムードにはなじめないが、ただ食べる分には、安くて量がある。

セットのメニューを注文して、コートのポケットへねじ込んであったスポーツ新聞を広げ、眺めていると、明るい笑い声が耳に入った。

もちろん、こんな店だから、女の子の笑い声が聞こえてもおかしくない。しかし、その声は、どことなく鳴海の記憶をくすぐった……。

「お母さん、これにすれば？」

という声。

鳴海は、まさか、という思いで、顔を上げた。――少し離れたテーブルに、田所佐知子と予史子の二人が、座っていた。

鳴海は、少しポカンとして、その二人を眺めていた。

どこかへ買物に出た帰りなのだろう、大きな荷物が空いた椅子の上にドサッと置かれている。

「ええ？　食べ過ぎよ。太っちゃう」

と、予史子が声を上げると、

「いいじゃないの。少しぐらい太った方が、お母さん、ちょうどいいのよ」

と、佐知子がたきつけている。「そんなに量はないんだから！　ね？　頼んじゃうわよ！——ちょっと、すみません」

佐知子はウエイターを呼んで、オーダーしている。

もちろん、親子というには予史子が若すぎる。しかし二人の口のきき方は、仲のいい親子のものだ。

無理がない。——まるで長い間の仲よしだったかのようだ。

「ちょっと化粧室へ行って来るわ」

と、予史子が席を立つと、店を出て行った。

ビルの中に入ったレストランなので、トイレは店を出た廊下にある。

残った佐知子が、ゆっくりと店の中を見回して——鳴海に気付いた。

が、佐知子は別にハッとするでもなく、まるで懐かしい友だちに会ったように、ニッコリと笑って見せたのである。

鳴海の方は、ただ無表情に佐知子へ視線を返しただけだったが、佐知子はわざわざ席を立つと、鳴海のテーブルへとやって来た。

「――一人？」

と、椅子を引きながら訊《き》く。

「ああ」

「じゃ、ちょっと失礼」

佐知子は気軽に言って、腰をおろした。

「どうやら、うまく行ってるようじゃないか」

と、鳴海は言ってやった。

「予史子さんと？　そうよ。私たち、お互いによく理解し合ってるわ」

「だから父親を殺したのか？」

鳴海は低い声で言った。周囲のざわめきの中では、他人に聞かれる心配はない。

「父はね、カッとなると、自分を抑えられない人なの」

と、佐知子は真顔になった。「あなたも見たでしょ？　予史子さんを殴ったのを」

「うん」

鳴海も、あのとき予史子が失神したのは、演技などではなかったと知っている。

「父はね、母を殴って死なせたの」

と、佐知子は言った。

「何だって？」

「私、見ていたのよ。母が、誰か若い男と出歩いてたって、父は凄く怒って……。それが本当だったのかどうか、私は知らないけど、ともかく父は怒って母を殴ったわ。──まだ父も若くて、ずっと力があった」

「しかし──警察は？」

「事故だという父の言葉を信じてしまったの。殴られたのか、ただ階段を転がり落ちて、あちこちぶつけたのか、判定するのはむずかしいでしょ」

「君は黙ってたんだね」

「まだ十歳そこそこだったのよ。父親のことを人殺しだなんて、怖くて言えなかった。──ただ、私は母親が大好きだったから、決して父親を許さない、と思ったわ」

「なるほど」

鳴海は、ため息をついた。「──それで予史子と二人で、父親を殺したわけか」

「予史子さんは、とっても母に似てるの。あの人が父にぶたれるのを見ていると、死んだ母がぶたれてるように、辛《つら》かった。──あの人も、怖がっていたのよ。父にいつか殺されるんじゃないか、と……」

「僕を殺人犯に仕立てて、か」

「怒ってる？──それは当然ね」

「後で考えて、自分が道化にされてたんだと分かったときはカッとなったよ。——君らを殺してやろうかと思った」

「そうしたら？」

と、佐知子は言った。「二人、一度には殺せないわよ。一人でも殺されたら、あなたのことを、残った一人が何もかも警察へしゃべるわ。もちろん父を殺したのも、あなただって」

鳴海は苦笑した。——腹も立たない。

「とんでもない女の子と知り合ったもんだ」

と、首を振って、「君は初めからそのつもりだったのか？」

「まさか。最初は、あなたが、どこかの男をあの林の中へ連れ込むのを見かけて、何だろうと思って覗《のぞ》きに行ったのよ。——びっくりしたわ」

「僕のことを——」

「強盗ぐらいに思ってたの。でも、あのコンサートへ来たのを見て、私の口をふさぎに来たんだな、って……。どうやったら逃げられるかしら、と必死で考えたのよ」

「一一〇番すれば良かった」

「警察は嫌い。母が死んだときも、ただ父の話を鵜呑《うの》みにして。信用しちゃいけない、と子供心に思ったのよ」

「で、継母を殺したい、って話を作り上げたのかい？」

「あなたが、仕事で人を殺す人だってことを確かめたかったし、そうすれば予史子さんを巻き込めるでしょ」

「彼女が僕に近付いて来たのも、計画の内か」

「そう。あなたがすぐに予史子さんを殺しちゃっても困るでしょ。父は日本にいないことも多いし。いい機会が来るまで、あなたを迷わせておかなくちゃいけなかったもの」

「あの別荘に行ったのも、もちろん分かっててのことか」

「ええ。あなたと私たち、それに父……。四人揃って、しかも誰の目にもつかない。私と予史子さんはあの晩は二人で自宅にいたことになってるんだもの。ああいう場所でなきゃいけなかったのよ。——後はあなたが父を殺したと思わせれば……」

「捕まったら、何もかもしゃべったかもしれないじゃないか」

「あなたの話を信用する人、いないと思うけどな」

と、佐知子はアッサリ言った。「予史子さんが遊園地で、あなたといる所を知人に見られた、って言ったのは、もちろん嘘なのよ」

「——なるほど」

ここまでみごとにやられると、鳴海は苦笑いするしかなかった。

「それに、私、きっとあなたのことだから、警官隊とやり合って死ぬんじゃないかと思ってたわ。うまく逃げたのね」

「運が良かったのさ」

そう。あまり凶悪犯を扱いつけていない、田舎の警察が相手だったのが幸いしたのだ。

それに、はっきりした指紋も出なかった。指紋が鮮明に出ていたら、たちまち鳴海は全国に指名手配されていただろう。

「あのとき、警察に連絡したのは誰なんだ？」

「予史子さん。うちへ別荘の父から電話がかかって、誰か怪しい人間がうろついてるようだって言って来た、と一一〇番したの。ただ、その連絡が行くのが、少し遅れたようね」

「おかげで、僕は助かったわけだ」

鳴海は、肩をすくめた。「――もう怒っちゃいないよ。こんな仕事をしてりゃ、いつ人に騙《だま》されても文句は言えない。騙される方が悪いんだ」

「そう言われると、心苦しいわ。食事、おごりましょうか」

「結構。毒でも入れられると、怖いからね」

と、鳴海は笑って言った。

「信用してないのね。――あ、予史子さん、戻って来た」

と、佐知子は振り向いた。

予史子は、佐知子の姿が見えないのに戸惑った様子で見回し、そしてすぐに鳴海に気付いた。佐知子が平然としていたのに比べ、予史子はギクリとしたようだった。

「じゃ、席へ戻るわ」

と、佐知子は立ち上がった。「もう会うこと、ないかもしれないわね」

「たぶんね」

鳴海は肯《うなず》いて、「ただ、一つ忠告しておくよ」

「何を？」

「今、君らはお父さんの財産でのんびり暮らしているんだろう。しかし、いつまでもそんな生活は続かないよ」

「お説教？」

「そうじゃない。殺人ってのは、くせになるんだ。一度うまく行くと、二度目、三度目、と、どんどん気が楽になる。――気を付けることだね。ずっと無事でいたいと思えば、二度とやらないことだ」

佐知子は、ちょっと冷ややかな目で、鳴海を見下ろすと、

「よく憶《おぼ》えておくわ。それじゃ」

と会釈して、席へ戻って行った……。

料理が運ばれて来て、鳴海は食事しながら何度か佐知子たちのテーブルへ目をやったが、二人は屈託なく笑い合って、一度も鳴海の方を見ようとしなかった。

――一人だから、食事もすぐに終わる。

鳴海は先にレストランを出た。外で待っていて、後を尾《つ》けようか、とも思った。

腹を立てていないわけではなかった。しかし、たとえ佐知子や予史子を殺したところ

で、鳴海には一文にもならないし、危険が増えるだけだ。

——もう忘れよう。

俺は殺しのプロなんだ。アマチュアを相手に本気で怒っても仕方ない。

鳴海は肩をすくめて、冷たい風の中を歩き出した。


六時を、少し回っていた。

朝の六時だ。——殺し屋といえども、いつも夜ばかり仕事をしているわけではない。

今日の仕事は、サラリーマン。いや、鳴海がサラリーマンをやるのではないが、殺す相手がサラリーマンで、鳴海の方も、朝の通勤電車で、目立たないように相手を見張るには、サラリーマン風のスタイルになる必要があった。

一応、そんなときのために、背広、ネクタイ、白ワイシャツという服装は揃えてある。あまりバラエティはないが、何日も演《や》るわけじゃないのだから、充分だろう。

きちんとヒゲを剃《そ》り、髪もドライヤーでセットして、まずはどこから見てもサラリーマンである。

「これでいいかな……」

と、鏡を見て呟《つぶや》いていると、電話が鳴り出した。

「——はい。——どなた？」

「鳴海か。俺だよ」

「やあ、珍しいな」

同業の男だ。声に特徴があるので、すぐに分かる。

「朝っぱらから、すまん」

「何か用か？　どうせこっちは朝の仕事だ」

「そうらしいな。ボスから聞いたよ」

「何か用でも？」

「実はな……。若い女に、お前のことを詳しく訊《き》かれたんだ」

「若い女？」

「うん。——どうも今思うと、俺の仕事も知ってたようだ。こっちは酔ってて、ボーッとしてたんだが」

「何の話をしたんだ？」

「それがよく憶えてないんだが……。何しろ酔って、ベッドへ入ってからのことでね」

「ベッドへ……。じゃ、その女と寝たのか」

「女、というより、娘、だな。一七、八じゃないか。名前は聞かなかったけど」

佐知子だ、と直感的に思った。他には考えられない。

「で、何を話したんだ？」

「うん……。何だかお前の仕事のこととか……。よく分からないんだ。お前、そんな女の子に思い当ること、あるのか？」

「まあね」

と、鳴海は言った。「その女は人を殺してるんだ」

「何だって？」

相手が仰天している。

「父親をね。お前も殺されなくて良かったじゃないか」

「本当か、おい！」

「確かだ。──俺のことを殺してくれ、とは言わなかったか？」

「そこまでは言わなかった、と──思うけどな」

「そうか。いや、分かったよ。気を付ける」

「そりゃ悪かったなあ。まさかあんな小娘が──」

「いいんだ」

と、鳴海は微笑んで、「俺もコロリと騙された。大した娘なんだよ」

「やれやれ」

と、向うはため息をついて、「誰も信じられない世の中だな」

殺し屋の言葉にしちゃ妙だ、と思って、鳴海は笑った。

──電話を切ると、時計に目をやる。

もう出かけた方がいい。決まった電車に乗らなくてはならないのだ。

部屋を出て、階段を下りて行くと、三矢絹子と会った。

「あら」

と、絹子は目を丸くして、「今日はまた——珍しいわね、その格好。誰かと思っちゃった！」

と、オーバーに驚いて見せる。

「僕だって、背広ぐらい持ってますよ」

「ずいぶん早いじゃないの。どこかにお勤めすることになったの？」

「いや、そうじゃないんです。ただ、約束がありましてね。——じゃ」

「行ってらっしゃい。気を付けて」

と、言って歩きかけた絹子は、「ね、鳴海さん」

「何です？」

「今夜、お食事は？」

どうやら背広姿の鳴海が、新鮮だったらしい。

——鳴海は、かなり余裕を持って出たつもりだったが、毎日通勤していない者の悲しさで、道路の混雑でバスは二倍も時間がかかり、しかも駅へ着いてから急ごうにも、階段もホームも、人で一杯だった。

かなり焦ったが、それでも何とか、目指す電車に乗ることができた。

今度の相手は、会社をいくつも持っている金持ちなのだが、必ずこの電車で通っているのである。

車両も、場所も決まっている。――殺すのは今日ではないが、まず相手を確かめる必要があった。

しかし、乗ってみると、信じられないような混雑。

鳴海は、ドアの前に立っていて、ドッと反対側のドアから乗って来た客たちの圧力を、もろに受けた。

「かなわねえな、畜生!」

と、思わずこぼしたところへ、一七ぐらいの女学生が、ギュッと胸を押し付けて来て、ギョッとした。

「あ……」

「いや、どうも――」

女学生というと、つい警戒してしまう。しかしその娘は、いかにも明るい素直そうな子に見えた。胸のふくらみが鳴海の胸に押し付けられて、少し恥ずかしそうに笑っている。

爽《さわ》やかな笑いだった。――やがて鳴海は、この少女に、自分の死を見守ってもらうことになるのだが、今はそんなことを考えてもいなかった。

16　そして――殺意

タクシーは、かなりのスピードで、都心の道を飛ばしてくれた。

みゆきは、じっと座席で身を固くして、両手を膝《ひざ》の上で握りしめていた。

「――大分早く着きそうだよ」

初老の運転手が、赤信号で停ったときに言った。

「どうもすみません、無理言って」

と、みゆきは礼を言った。

「いや、商売だからね」

また走り出す。――父と行ったときに比べて、帰りは時間もかかっていない。

「その先、左です」

と、みゆきは急いで言った。

夜半なので、道がよく分からなかったのだ。思いがけないほど、近くまで来ていた。

「そこを右へ入って……。ええ、その角を左へ」

タクシーが最後の角を曲る。もう、家が見えるはずだ。

みゆきはハッとした。——車がある！　父と乗って来た車が。

「——その車の手前で停めて下さい」

と、みゆきは言った。「すみません、ちょっと待っていていただけます？」

「ああ、いいよ」

と、運転手は快く肯《うなず》いた。

実際、みゆきはタクシー代を持っていないのだ。もし何でもなかったとしても、お金は取って来なくてはならない。

玄関のドア。——開いている。

みゆきは、息を呑《の》んだ。父が——父が、どうしてこっそりと戻って来たのか。

みゆきとホテルに泊ったことにして、みゆきが眠ったとみると、ベッドを抜け出し、なぜ自分の家へ帰って来たのか。

「——お母さん」

と、みゆきは、そっと玄関から声をかけた。

父の靴がある。

みゆきは、上がった。——田所佐知子はどうしただろう？　父も、また母を殺しに戻って来たのではないか……。

居間から、フラッと誰かが出て来た。みゆきは立ちすくんだ。

父だった。手にナイフを握っている。手首から腕、そして胸に血が飛んでいた。

「お父さん！」

みゆきが叫んだ。

新谷は、ぼんやりとみゆきを見て、

「お前か……。どうしたんだ？　帰って来たのか？」

と、呟《つぶや》くように言った。

「お父さん！——何をしたの！」

「いや……。これは……」

新谷は、ナイフを落とした。「やるつもりじゃなかったんだよ……。本当だ。ただ……

……ただ……」

みゆきは父を押しのけて、居間へと入って行った。

床に血が広がって、その真中に突っ伏しているのは——田所佐知子だった。

「——みゆき！」

母が、ソファから立ち上がった。

「お母さん……」

「何だか——分からないのよ。この人が急に訪ねて来て……。私を刺し殺そうと……。

お父さんがね、この人を刺したのよ」

「お母さん……」

みゆきは、身動きしなくなった田所佐知子を見下ろした。

「一一〇番しなきゃね。――でも、電話が通じないのよ」

と、尚子は言った。「みゆき……。どうしてこの人が――」

「分からないわ」

と、みゆきは首を振った。「私、さっぱり分からない」

「お母さんも……。この人、本当にいい家のお嬢さんだとばっかり思ってたのに……。何てことかしら！」

尚子も、混乱しているようだ。

夫やみゆきが、なぜ突然帰って来たのかを考えてみる気にもなれないのである。

「お母さん」

みゆきは、母の肩に手を置いた。

「――尚子」

父が居間へ入って来た。「大丈夫か？」

「ええ……」

尚子も青くなって、ガタガタ震えている。

「尚子……。私は……」

「お父さん」

みゆきは、遮って言った。「やっぱり、戻って来て良かったわね。お母さんのことが、何だか心配だって言って……。何かあったんじゃないかって気にして、帰って来たのよ。

車を飛ばして」

新谷は、みゆきを見た。

「夫婦って、凄《すご》いわね。離れていても、そんなことが分かるんだから。――ねえ、お母さん」

「ええ……。そうね」

尚子も、半ば放心状態だ。

「ともかく、警察へ知らせなきゃ」

と、みゆきは言った。「電話、つながらないの？　じゃ、きっと電話線、切ったんだわ」

「うん」

と、新谷が肯いた。「着いたとき、この娘が電話線を切ってるのを見たんだ。――何をやってるのか、隠れて見てた……」

「でも――ありがとう、あなた」

と、尚子はやっと息をついた。「あなたがいなかったら、私――殺されてたのね」

「本当ね」

みゆきは、母の肩を軽く叩《たた》いて、「お隣へ行って、電話するわ」

と、急いで歩き出した。「あ、そうだ！　お母さん」

「え？」

「タクシー、待たせたままなの！　お金ちょうだい！」

と、みゆきは言った。

「――黙っていてすみません」

と、みゆきが頭を下げると、

「いや、こっちの怠慢だよ」

と、麻井が首を振った。「しかし、驚いたな！　鳴海が女の子にやられるとは！」

――今日は、大分大人びたムードの喫茶店だったので、麻井も落ちついていた。

「あの人、他にも殺してたんですか？」

「うん。父親がね、やっぱり刺されて死んでる。継母と二人、共謀してやったんじゃないかな」

「まあ、ひどい」

「今、その継母の方を調べている。――もうすぐ何もかも分かるだろう」

みゆきは、暖いティーカップを両手で挟んだ。

「私――怖かったんです。あの人、私のことぐらい、いつでも殺せるって……」

「うん、分かるよ」

麻井は肯いた。「たぶん、父親を殺すのに、鳴海を利用したんじゃないかな。そして、口をふさぐために殺した……」

「それを見た私を、また——」

「うん。君のことは、殺すよりも仲間に引き入れようとしたんだね」

「あの人……。彼のこと、知ってて、会わせてくれたんです」

「——暴走族の子か」

「ええ。私、ありがたいと思ってました」

「それは当然だな」

麻井は、コーヒーをガブ飲みして、「君——あの子が、三矢絹子を殺したかどうか、知らないか」

「あの人のアパートの……」

「うん。やっぱりあの女は、田所佐知子を見ていたんだ。だから口を封じたんだと思う」

「私……それは聞いていません」

と、みゆきは答えた。

手伝いはしたが、でも、ただアパートで三矢絹子とすれ違う役をやっただけだ。もし、三矢絹子が死ななかったときのために、佐知子は、わざとみゆきを見せて、絹子の記憶を曖昧《あいまい》にしておきたかったのだ。

「ま、田所佐知子がやったとすれば、毒物の入手経路で、何かつかめるだろう。——君も怖い思いをしたね」

「いいえ……」

みゆきは、少し間を置いて、「——麻井さん、父はどうなるんでしょう?」

と訊《き》いた。

「うん。——まあ、相手が一七歳というのはちょっとまずいが、しかし何人も殺していた犯人と分かれば、刺したのも仕方なかった、ってことになると思うよ」

「じゃ——罪にはなりません?」

「その心配はまずないと思う」

みゆきはホッとした。

「しかし——」

と、麻井は考え込んで、「実にドラマチックだったねえ。君のお父さんが旅行先から夜中に戻ると、あの娘がお母さんを、今まさに殺そうとしているところだった」

「刑事さん」

と、みゆきは言った。「犯罪って——実際にしなければ、罪にならないんでしょ?」

「そりゃそうだね」

「父も……きっと何か他にわけがあったのかもしれません。でも結局、母を助けたわけですし……。今、二人で話し合っています。そっとしておいて下さい」

みゆきは頭を下げた。「お願いします」

麻井はニヤリと笑った。

「君を嘆かせるようなことはしない」

「良かった！」

みゆきがホッと微笑んだ。

「ご両親、うまく行きそうかい？」

「分かりませんけど……。今までみたいに、母が父に命令する、って夫婦じゃなくなりました」

みゆきの言葉に、麻井は笑った。

「――でも」

と、みゆきは言った。「なぜ、人を殺すんでしょう？　――分からないわ」

「うん。しかしね、人間ってのは弱いものだ。一度誘惑に負けると、二度、三度ってことになる。殺人犯は特別な人間なんかじゃない。我々と少しも変らない人間なんだよ」

みゆきは思い出した。あの、佐知子からの電話を。

「――殺したら？」

みゆきの中に、あの言葉が、母への殺意を芽生えさせて行ったのだ。

そう。――もし、あの偶然がなかったら、みゆきは殺人犯として、麻井の前に座っていたかもしれない。

麻井は、

「じゃ、また連絡するよ」

と言って、先に出て行く。

ちゃんと、みゆきの紅茶のお金も払って行ってくれた。

みゆきは腕時計を見た。――約束の時間を大分過ぎている。

紅茶を飲み干したとき、

「――新谷さんですか」

と、ウエイトレスがやって来た。

「はい」

「お電話ですよ」

「すみません」

カウンターへと走って、受話器を取る。「もしもし？――遅いじゃないの」

「悪いけど……」

と、牧野純弥が言った。「行けなくなったんだ」

「何か用事？」

「うん……。まあな」

「じゃ仕方ないね。――いつなら会える？」

「なあみゆき……。俺、嘘をついてた」

「――嘘？」

「他に女がいるんだ、俺。――騙《だま》したわけじゃない。本気でお前のこと、好きだった。だけどな……。やっぱり俺たちは無理だよ。もうこれきりにしよう。――な？」

みゆきは、顔から血の気のひくのが分かった。

「純弥……」

「アメリカ、行くんだろ？　うんと楽しんで来いよ。こっちはこっちで、何とかやってくから。――楽しかったよ。じゃあ」

電話が切れても、みゆきは、しばらく受話器を握って立っていた。

いつ席へ戻ったのか、自分でも分からない。

やっぱり無理だよ……。楽しかったよ……。

女がいるんだ……。

みゆきは立ち上がった。

レジの所で、無意識に財布を出していた。

「もう、お代はいただいてます」

と言われて、ハッとする。

外へ出た。

みゆきは、明るいくせに光を失ったようなその世界を、歩き出した。

涙は出なかった。――もっともっと後になって、出るのかもしれない。

今は体の奥底に、傷が開き、血を噴いている。

電話ボックスがあった。

みゆきは中へ入ると、受話器を外し、十円玉を二枚入れた。

目をつぶって、指先でプッシュボタンの位置を確かめると、当てずっぽうに、八つの番号を押した。

――呼出し音が数回聞こえて、受話器が上がった。

「――はい。どなたですか？」

疲れたような女の声だった。たぶん、三十代の後半か、四十ぐらい……。

「もしもし？――どなた？」

苛立《いらだ》っているのは、今だけじゃない。いつも、毎日苛立っている声だ。夫への不満か、お金の恨みか、裏切った男への憎しみか……。

「もしもし？」

みゆきは、低い声で、しかしはっきりと、

「殺したら？」

と言った。

「え？――何ですって？」

「殺したら？」

もう一度くり返すと、向うは沈黙した。

手応《ごた》えを感じた。みゆきの言葉が、相手の中の隠れた鉱脈を探り当てたのだ。

みゆきは受話器をかけた。――一枚戻った十円玉を財布へ戻し、電話ボックスを出る。

――歩きながら、みゆきはさっきより、気持が軽くなっていた。

あの電話を受けた女性は、今ごろ自分の中に潜んでいた殺意と対面しているだろう。殺意を、憎しみを抱く仲間が、ふえたのだ。

「すてきだわ！」

と、みゆきは声を出して言った。「もっともっと、ふえればいいんだ！」

みゆきは笑いながら空を仰いだ。その目から、やっと、涙がこぼれ始めていた。

解説

新津《にいつ》きよみ（作家）

一九七六年に「幽霊列車」でオール讀物推理小説新人賞を受賞してデビューしてから四十七年。赤川次郎《あかがわじろう》さんは、いまも精力的に作品を生み出し続けている。正確な数はわからないが（たぶん、ご本人も把握されていないかもしれない）、著書はオリジナルだけで六百冊以上あるはずだ。その圧倒的なパワーのもとがどこにあるのか、わたし自身小説を書き続けながら考え続けている。

赤川さんの作品が長く読み継がれている理由には、容易に思いあたる。リズミカルで軽快な文章、ウィットに富んだいきいきとした会話、どこを切り取っても映像的な場面、エンタテインメントを追求しながらも社会風刺を忘れない真摯《しんし》な姿勢。赤川さんの小説には、時代と世代を超えて愛される普遍的な魅力がたっぷり詰まっているのである。

たとえば、本書『殺し屋志願』に登場する新谷《しんたに》みゆきは、十七歳の高校生だが、読み始めるなりすぐに、前期高齢者の年齢に達したわたしを物語の世界に引きずり込み、彼女の心情に共振させてしまった。

物語は朝の通勤通学電車から始まる。満員電車の中で、みゆきは一人のサラリーマン風の男と向かい合って立つ形になる。短い会話を交わしたのちに、みゆきは男の顔色が悪いのに気づく。体調を気遣う言葉をかけるが、男は笑顔を作って、次の駅で降りようとする。ところが、男はホームに降りるなり、よろけて膝《ひざ》をついてしまう。みゆきは思わず電車を降りて、駆け寄る。冒頭の場面で、みゆきの親切な人柄が伝わってくる。男は何者かに背中を刺されたのである。そして、みゆきの隣で死へと向かいつつあった……。

ショッキングな導入部から始まる物語は、予想外の展開を見せる。みゆきの隣で息を引き取った男――鳴海《なるみ》の職業が「殺し屋」だと明かされ、さらには、自分の行動を縛りつける母親を疎ましく思っているみゆきの前に、「殺したら？」と、殺人を唆す言葉をつぶやく少女――田所佐知子《たどころさちこ》が現れる。

佐知子の出現によって、みゆきの中のぼんやりしていた殺意が次第に輪郭をくっきりさせて、膨れ上がっていく過程が怖い。そして、佐知子もまた「殺し屋」に殺してほしい相手――父親の再婚相手がいたのである。いや、そればかりか、佐知子の周辺にもまた殺意を内に秘めた人間がいた……。

現在から過去へ、過去から現在へ、時間軸を自由自在に操る巧みな構成、読者に映像をパッと思い浮かべさせる描写の妙、複雑に入り組んだ人間関係を構築する力。それらは、職人技としか言いようがない。

読者はきっと、自分の中にも小さな殺意が潜んでいることに気づかされるにちがいない。そして、誰かに抱いた殺意が、鋭い刃となって自分の胸へと返ってくることにも。一生のうちで一度も殺意を抱かない人間などいないのではないか。自分でも気づかぬうちに誰かに殺意を抱かれている可能性もある。読みながら、そんな恐ろしい考えが脳裏をよぎってしまった。

殺し屋である鳴海と、彼の死を見届けたみゆきと、鳴海の正体に気づき、彼を利用しようとする佐知子。その佐知子は鋼のように固い意志を持っている。三者の緊張感溢《あふ》れる関係性と、二人の少女の奇妙な友情と、「殺し屋」鳴海の孤高な生き方が、物語全体に格調高いハードボイルドの風合いを与えている。

赤川さんは、デビューから四十七年たったいまも精力的に作品を生み出し続けている、と最初に書いたが、実に多くのシリーズ及びシリーズキャラクターを世に送り出してきた。三毛猫ホームズシリーズ、三姉妹探偵団シリーズ、吸血鬼シリーズ、幽霊シリーズ等……。

中でも、一つずつ年齢を重ねて毎年刊行される杉原爽香《すぎはらさやか》シリーズは、わたしにとって特別に思い入れのあるシリーズである。なぜなら、シリーズ一作目の『若草色のポシェット　杉原爽香15歳の秋』が刊行されたのが、わたしが作家デビューした一九八八年だったからだ。

十五歳で作品に初登場した爽香は、一冊ごとに年齢を重ねていき、今年九月に刊行された『向日葵色のフリーウェイ　杉原爽香50歳の夏』でめでたく五十歳を迎えた。読者も同時に年をとっていくわけで、赤川さんは、爽香の成長を温かく見守りながら物語も楽しめる喜びを味わわせてくれた。爽香は、物語の中で結婚し、出産している。女性読者にとっては、自分の分身のような存在かもしれない。

そして、赤川さんは、わたしが作家を目指すきっかけとなった人物でもあるのだ。

大学を卒業して入った小さな旅行会社で、理想と現実のギャップに悶々《もんもん》としていたときに、中央《ちゅうおう》線沿線の街の書店で出会ったのが、赤川さんの本だった。当時つけていた日記には、読んだ順に書名を記してある。『ハムレットは行方不明』『赤いこうもり傘』『幽霊列車』『マリオネットの罠』『死者の学園祭』『三毛猫ホームズの推理』『ひまつぶしの殺人』『死者は空中を歩く』『招かれた女』『駈け落ちは死体とともに』『血とバラ懐しの名画ミステリー』『上役のいない月曜日』『さびしがり屋の死体』……。

現在「山村正夫《やまむらまさお》記念小説講座」名で開講されている小説講座の前身を受講するきっかけとなったのも、赤川さんだった。

都内の雑居ビルで偶然見かけた「受講生募集」のポスターに、「ゲスト講師赤川次郎氏」と書かれていたのである。迷わずその場で一年間の受講料を払い込んだ。そして、小説講座の受講生となり、なぜか習作らしきものを書くはめになり、運にも助けられて、一九八八年に作家デビューに至ったわけである。ちなみに、売れっ子ベストセラー作家になっていた赤川さんは、超多忙のため教室に顔を見せることはなかった。

小説家になるきっかけを作ってくれた憧《あこが》れの赤川さんと、同じ業界で仕事ができていることがいまだに信じられないわたしである。体力や気力の衰えを感じながらも、大先輩の赤川さんを見習って書き続けなければ、と奮起している。

赤川さんの衰えない筆力、書き続けるパワーがどこからくるのか……。それを研究し続けることがわたしの課題かもしれない。

本書は、一九九〇年六月に双葉文庫より刊行され
た後、一九九四年三月に小社より刊行された
角川文庫を改版したものです。

殺《ころ》し屋《や》志《し》願《がん》

赤川《あかがわ》次郎《じろう》

平成6年 3月10日　初版発行
令和5年 12月25日　改版初版発行

発行者●山下直久

発行●株式会社KADOKAWA
〒102-8177　東京都千代田区富士見2-13-3
電話　0570-002-301（ナビダイヤル）

角川文庫 23935

印刷所●株式会社暁印刷
製本所●本間製本株式会社

表紙画●和田三造

●お問い合わせ
https://www.kadokawa.co.jp/（「お問い合わせ」へお進みください）
※内容によっては、お答えできない場合があります。
※サポートは日本国内のみとさせていただきます。
※Japanese text only

ISBN 978-4-04-113870-0　C0193

◇◇◇

角川文庫発刊に際して

角川源義

第二次世界大戦の敗北は、軍事力の敗北であった以上に、私たちの若い文化力の敗退であった。私たちの文化が戦争に対して如何に無力であり、単なるあだ花に過ぎなかったかを、私たちは身を以て体験し痛感した。西洋近代文化の摂取にとって、明治以後八十年の歳月は決して短かすぎたとは言えない。にもかかわらず、近代文化の伝統を確立し、自由な批判と柔軟な良識に富む文化層として自らを形成することに私たちは失敗して来た。そしてこれは、各層への文化の普及滲透を任務とする出版人の責任でもあった。

一九四五年以来、私たちは再び振出しに戻り、第一歩から踏み出すことを余儀なくされた。これは大きな不幸ではあるが、反面、これまでの混沌・未熟・歪曲の中にあった我が国の文化に秩序と確たる基礎を齎らすためには絶好の機会でもある。角川書店は、このような祖国の文化的危機にあたり、微力をも顧みず再建の礎石たるべき抱負と決意とをもって出発したが、ここに創立以来の念願を果すべく角川文庫を発刊する。これまで刊行されたあらゆる全集叢書文庫類の長所と短所とを検討し、古今東西の不朽の典籍を、良心的編集のもとに、廉価に、そして書架にふさわしい美本として、多くのひとびとに提供しようとする。しかし私たちは徒らに百科全書的な知識のジレッタントを作ることを目的とせず、あくまで祖国の文化に秩序と再建への道を示し、この文庫を角川書店の栄ある事業として、今後永久に継続発展せしめ、学芸と教養との殿堂として大成せんことを期したい。多くの読書子の愛情ある忠言と支持とによって、この希望と抱負とを完遂せしめられんことを願う。

一九四九年五月三日

角川文庫ベストセラー

スパイ失業　赤川次郎

アラフォー主婦のユリは東ヨーロッパの小国のスパイをしていたが、財政破綻で祖国が消滅してしまった。入院中の夫と中1の娘のために表の仕事だった通訳に専念しようと決めるが、身の危険が迫っていて……。

ひとり暮し　赤川次郎

大学入学と同時にひとり暮しを始めた依子。しかし、彼女を待ち受けていたのは、複雑な事情を抱えた隣人たちだった⁉　予想もつかない事件に次々と巻き込まれていく、ユーモア青春ミステリ。

目ざめれば、真夜中　赤川次郎

ひとり残業していた真美のもとに、刑事が訪ねてきた。ビルに立てこもった殺人犯が、真美でなければ応じないと言っている――。様々な人間関係の綾が織りなすサスペンス・ミステリ。

台風の目の少女たち　赤川次郎

女子高生の安奈が、台風の接近で避難した先で巻き込まれたのは……駆け落ちを計画している母や、美女と帰郷して来る遠距離恋愛中の彼、さらには殺人事件まで！　少女たちの一夜を描く、サスペンスミステリ。

過去から来た女　赤川次郎

19歳で家出した名家の一人娘・文江。7年ぶりに帰郷すると、彼女は殺されたことになっていた⁉　更に原因不明の火事、駅長の死など次々に不審な事件が発生、文江にも危険が迫る。傑作ユーモアミステリ。

角川文庫ベストセラー

花嫁シリーズ㉖
崖っぷちの花嫁
赤川次郎

親友と遊園地を訪れた亜由美は、ジェットコースターのレールの上を歩く女性を助けた結果、ケガで入院することに。後日、女性が勤める宝石店から豪華なお礼が届くが、この店には何か事情があるようで……。

花嫁シリーズ㉗
花嫁は墓地に住む
赤川次郎

女子大生・塚川亜由美と親友の聡子は、温泉宿で聡子の親戚である朱美と遭遇した。彼女は、不倫相手の河本と旅館で落ち合う予定だった。しかし、そこへ朱美の母や河本の妻までやって来て一波瀾！

花嫁シリーズ㉘
四次元の花嫁
赤川次郎

塚川亜由美が親友とブライダルフェアへ行ったところ、そこには新郎だけが結婚式の打合せに来ていた。何か訳アリのようで……!? 一方で、モデル事務所の社長が電話で話している相手が亡くなった妻のようで……？

花嫁シリーズ㉙
演じられた花嫁
赤川次郎

親友と舞台鑑賞中の女子大生・塚川亜由美。カーテンコールで主演俳優がヒロインにプロポーズし会場は沸き立つが、ただ一人冷たい視線を送る女がいて——？　表題作と「花嫁は時を旅する」の計2編を収録。

花嫁シリーズ㉚
綱わたりの花嫁
赤川次郎

大企業の社長令嬢の結婚披露宴に男3人が乱入、花嫁を誘拐。しかし攫われたのはアルバイトで花嫁のふりをしていた全くの別人だった。塚川亜由美は被害者を助け出すべく愛犬ドン・ファンと共に事件を追う！

角川文庫ベストセラー